春陽文庫

竜尾の剣

池波正太郎

目次

竜尾の剣

腕白小僧

永倉新八が、牛込二十騎町にある近藤勇の道場で——初めて藤堂平助に会ったのは、文久三年（西暦一八六三年）の正月であった。

血色の鮮やかさが小肥りの全身に漲っていて、丸いムチムチした顔の、尻下りの眉や、まるで（いたずらッ児）のようにクリクリと動く瞳を持つ新八が、何時もの屈託ない調子で、

「やあ!!　松前脱藩の永倉新八と申す者です。飯より剣術が好きなもので、乱暴者は出て行けと、父にも殿様にも愛想をつかされましてね。こうやって近藤さんの道場で居候を極め込んでおります」

近藤勇の紹介が終ったので、こう挨拶すると、藤堂平助の唇元に冷笑が浮んだ。

——この目まぐるしい時世に、のんびりした侍もいるものだな——と、藤堂の冷笑は言っているようだった。

（何だ、こいつ——ふざけた笑い方をしやがる）

新八はムッとしたが、藤堂は、すぐに、すらりとした長身の上体を折り屈めるようにして馬鹿丁寧な礼を返し、

「藤堂平助でございます。よろしく――」

喰ってかかろうとする出鼻を挫かれ、新八は黙って藤堂を睨んだ。

「藤堂さんは、時折来て稽古をしたいと言われる。永倉君、道場へお連れして皆に引合せてくれんか」

近藤はこう言って、蔭で新八が（近藤さんの百姓面）と、ふざけて言っている眉の返った口の大きい、材木を積み重ねたような顔へ、これだけは妙に人懐っこい笑顔を浮べてみせた。

新八が不承不承、元旦を休んだきりで、以来八日目の今日も激しい竹刀の音に満ちている道場へ「では――」と、案内に立ちかけると、藤堂は見返りもせず、近藤に向い、

「近藤先生。失礼いたします」慇懃極まる一礼を送った。新八は尚更、この男が厭になった。

近藤は近藤で上機嫌になり、

「いずれ後程。改めて一献――」などと、さも好まし気に藤堂を、眺めやって気取った挨拶を返している。風采もすぐれ気品もある藤堂の折目正しい態度が、近藤には気に入ったらしい。

何だか自分が近藤にも軽んじられたようで、新八は余計に腹が立った。

二百六十余年の間、日本の政権を握り、天下に号令してきた徳川幕府も――その政治や経済が飽和の極点に達していたところへ、十年前の嘉永六年、アメリカの提督ペルリが傲然たる武力を背景に、通商と開港の実施を迫って浦賀へ入港した。

アメリカばかりか、ロシアもイギリスも、この東洋の小さな美しい島国を狙って爪を磨ぎ始めている。

鎖国の夢も破れて、幕府は外国の威嚇に悩まされた。

その一方では、儒学・国学・神道などの学問が進歩をとげ、国体への自覚が次第に高まり、その思想は強烈な尊王論となった。

政局の危機に当り、諸国に頭を持ち上げていた尊王論は急激に火の手をあげ、幕政の乱脈に迫った。

外国——ことにアメリカへ対する幕府の態度を軟弱なものと見て、水戸藩を始め、薩摩、長州、土州の各藩は、朝廷を擁立し、幕府政治の改革を行うべしと主張した。

諸国に満ち溢れていた浪人達もこれに加わり、或いは憂国の情を押え切れず、或いはこの機会に世に出るべき糸口を掴もうとして幕府を倒す叫びを諸国にあげ始める。

幕府がこれらの危険分子を弾圧したのが、あの安政の大獄である。

その為に、時の大老、井伊直弼が水戸の浪士達に桜田門外で暗殺されたのは万延元年三月三日——三年前のことであった。

永倉新八は天保十年の生れだから、この文久三年で数え年二十五才になる。

新八は、福山藩主、松前伊豆守の家来で江戸定府取次役をつとめていた永倉勘次の一人っ子であった。

一人っ子だけに、父も母も甘やかしすぎたきらいがないではない。

父母共に温和な人物だった。殿様の信頼も深く、藩中での評判も良い。俸給は百五十石で割に楽な方だし、新八は、下谷三味線堀にある松前藩上屋敷内の長屋で、伸び伸びと腕白盛りの幼時を送った。

新八も武家の教育法に従い、五才から七才までは手習い。七才からは大学・中庸などの読書を父に教えられた。

しかし、この方の勉強は全く厭いだったのは、もう天性と言うより仕方があるまい。

同じ屋敷内の長屋に住む腕白どもを相手に——と言っても、新八がお山の大将で取巻きを引張り出しては、裏門近くの空地や馬場などで剣術ごっこをやる。町なかの児と違って礼儀うるさい藩邸内でのことだから、父の勘次も何度ハラハラしたか知れない。しかし新八も要領がよく、余り大きな失敗もしなかったようだ。

いたずらもひどかった。

七才の春のことだったが、門番の足軽で大草五十郎という老人が表門傍の小屋に詰めているとき、新八がニコニコしながらやって来て、妙に優しいあどけない声

で、経木包みを差出し、

「大草。母様に貰った饅頭だ。食べないか」と言う。

ふだんから新八のいたずらに手を焼いていた大草が、気味悪そうに、怖々、その包みを開いて見ると——まぎれもなく、中には鳥越三筋町通の亀屋の、八千代饅頭が、ほっかりと白く、二個も並んでいる。

「永倉様の坊ちゃん。すみませんなあ」

大草も顔中を笑み崩して（永倉のガキも変ったものだわい）と意外に思った。

「じゃ、またね」

新八が手を振って去るのを見送ってから、大草は熱い茶をいれ、思いがけないこのお八ツに、いきなりかぶりついたものだ。

二つに割って中の餡を確めてから食べればよかったのだが、大草は不運であった。

新八が苦心惨憺の細工をこらし、抜き取っておのが口に入れた餡の代り、新八自身のお尻から飛出した黄色いうんこが、たんまりと饅頭の皮にくるまれてあったのである。もろに、大草は、このうんこ餡に噛みついたものだから、

「うわア――く、くそッ。くそッ」

地団太を踏んで口惜しがると、物蔭に潜んでいた新八はよろこびの声をあげ、

「大草がくそを食って、くそくそと泣いた」と呼ばわりながら鼠のように逃げ去ってしまった。

さすがに大草は、上司（じょうし）の子息への遠慮も捨てて訴え出た。

父の永倉勘次は江戸家老の下国東七郎（しもくにとうしちろう）に呼ばれ、戒告を受け、青くなって長屋へ戻ると、新八を呼びつけ、温和しい父親が木刀を取り二十数度も新八の体に力一杯の折檻（せっかん）を加えた。七才の新八は一言も呻きを洩らさず、父親の方が息を切らして、

「お、おのれは、おのれは……」と呆れ果てて唸るのみである。

下国家老は寛仁（かんじん）な性格なので、その後、別に大したこともなく、永倉家から大草老人に何か詫びのしるしを贈ってケリがついた。

父親も、もうあきらめ、一年ほど前から、しきりにせがんでいた息子の剣術修行を許してやることにした。

新八は、神道無念流（しんどうむねんりゅう）の岡田十松の門に入ることが出来た。好きで好きでたまら

ない道だけに、きびしい稽古の苦痛を、むしろ楽しむほどで、十五才には切紙を許され、十八才には本目録を受け、岡田道場でも屈指の腕前になったのである。

人一倍、太刀筋も良かったのだろうが、技術の向上につれて他人に勝つという爽快味が倍加し、竹刀を向け合って勝負を争うときの緊張が痺れるほどの切ないよろこびをさえ、新八の全身にみなぎりわたってくるのだ。

起きてから眠るまで竹刀の音の中に居ないと気が済まなくなり、自由を束縛される藩邸内での暮しに絶えかねた新八は、十九才の春、思い切って両親にも告げずに藩邸を脱出し、岡田の世話で本所亀沢町に道場を開いている百合本昇三の代稽古に転がり込んだ。

両親も、もうあきらめたようであった。

代稽古や道場荒しから得る収入で、好きな酒も、女も――それに喧嘩も出来る。

硬派不良青年の溌剌たる永倉新八の青春は、時世の移り変りなど問題にはしない。明けても暮れても稽古と試合の快味に浸るスポーツマンであったと言ってよいであろう。

二十三才から一年間、友達の浪人、市川宇八らと二人で関東一帯に武者修行もやった。下野の佐野宿で、博徒と陣屋の侍達との喧嘩に一役買って暴れたことなどもある。

江戸へ帰って来た永倉新八が、牛込の近藤勇の道場を訪れ他流試合を申込んで以来、新八はこの道場へ泊り込んでしまったのだ。

何よりも主の近藤始め、土方歳三、原田佐之助、井上源三郎などという門人、と言うよりも近藤一味の男達が剣術好きで、一日中交る交る道場へ出ては、楽し気に門人達へ稽古をつけてやっている。近藤も武州多摩の百姓の悴から近藤道場の養子になったほどだし、土方も同じ多摩の出身である。

それだけに(江戸一番の道場にして見せる)という野心満々たる近藤道場の雰囲気もピッタリと新八に合ったたし、近藤が、「居たければ居たいだけおるがよかろう」と言ってくれるのを幸いに、新八は気楽気儘な日々を、この道場で送ることになったわけである。

藤堂平助が、近藤を頼ってこのグループへ入って来たのにはわけがある——が、それは後に述べることにして、新八は初対面からの藤堂への嫌悪を、それから五日後の、始めての三本勝負でぶちまけた。

藤堂は何でも噂さによると、伊勢藩主、藤堂和泉守の落胤だとかで、そう言えば本人も、それを自負するような勿体ぶったところがある。腕は北辰一刀流、千葉道場の目録を取っていた。

面、籠手をつけて二人は向い合った。

竹刀での稽古では、こんなことはめったにしない新八だが「くそッ。見ておれよ」と右手の竹刀をだらりと下げたまま棒立ちになって、藤堂の竹刀を迎えた。

新八が道場荒しや喧嘩のときによく使う一手だ。一寸見ると隙だらけだから、相手はいきなり打込んで来る。すると、だらり下っていた新八の剣は旋風のように張り落ちて来る相手の剣を下から擦り上げ撥ね退け、その余勢を駆って頭上に一回転した剣は隼のように敵の横面を撲つのである。

これは新八の得意中の得意で（竜尾の剣）と呼ばれている剣法であった。大胆で、争斗に冷静で、力のある剣士でなければ出来ないものだ。

始めは藤堂も一寸面喰ったようだが、やがて、ツ、ツ——と擦り寄って来ると、

「えーい」猛然と来た。

パーン!!――見事に新八の竹刀が藤堂の横面へ入る。

しかし、二度目からはそうは行かず、藤堂も仲々巧妙な剣捌きで二本目は新八が胴をとられ、三本目は二人とも必死に斗って、ようやく新八の胴が決った。

面を脱ぐと、藤堂は、例の小馬鹿にしたような調子で、こう言った。

「これで気が済みましたか」

別れの朝

牛込の道場〝試衛館〟に腕を撫し、張ち切れんばかりのエネルギーを猛烈な稽古と試合に発散させていた近藤勇一党の剣士達が、幕府の浪人募集に応じ、来春上洛する筈の将軍家茂の警護として京都へ派遣されるということになったのは、藤堂平助が近藤道場を訪れてから一カ月ほど後のことである。
世は正に――攘夷（外国を追払うこと）と開港（外国との交際をすること）。佐幕（幕府を助けること）と勤王（天皇に仕え、王事につとめること）に別れた。大名も武士も、浪人も、喧々囂々たる騒擾の渦中にあった。

当時、幕府が頭を悩ませたのは、この頃、京都を中心にして浪人達の攘夷・勤王論の擡頭が激しくなり、何を仕出かすかわからない不穏な空気が漂い始めたことである。

外には外国の圧迫!!

内には勤王浪士達の蠢動!!

幕府当局は崩れかかる権力の破れをつくろう為に、必死であった。

〝尽忠報国〟の名目を以て、腕の強い浪人達を雇い、これをもって、京都周辺に気焔を上げる勤王志士達の蠢動を押えようとしたのもその為なのであった。

この話を近藤勇にもたらしたのは、藤堂平助である。

「去る安政五年、公儀は勅許が下らなかったにもかかわらず、朝廷を無視し、無断でアメリカとの通商条約に調印いたしたのでござる。以来、わが日本――いや、われらの神国に夷狄（外国の野蛮人）が跳梁いたすようになったことは近藤先生も、かねて御不満の筈——」

「いかにも——」

と、近藤は大きくうなずき、

「では、幕府が浪士隊を組織したいというのは攘夷が目的なのかな?」

「つまりは左様。朝廷に於かせられては幕府の独断専行をいたくお憎み遊ばされ、為に諸藩の大名のうちでも幕府を批難(ひなん)するものが少くはござらぬ。よって来春、将軍家は改めて攘夷の本旨をもって京都へ上り、天皇のお怒りを解かんとするわけでござる」

藤堂は、熱情と野心に満ちた瞳を輝かせ、

「先生!! この際、先生もわれわれを引連れ、この浪士隊に加わって上洛し、存分に腕を振い、天下に名を上げられるべきかと思いますが——」

この騒乱の時代に——朝廷の怒りを和わらげつつ、何とか外国の勢力を追い払い、政治を建直そうと苦斗している将軍家を助けて活躍し、その実力をもって名を上げたいと願う心は、藤堂ばかりではない。

近藤勇にしても土方歳三にしても、また永倉新八にしても同じことであった。

藤堂平助は去年の暮あたりから聞き込んだ浪士募集に応じて一旗上げようと考え、自分一人の力よりも、かねて評判の高い近藤道場一派のグループの団結力を以て、何時かは、この浪士隊を牛耳ろうと計画していたのだ。

藤堂が近藤道場を訪れたのも、こうしたわけであった。

藤堂は、仲々交際が広い。かなり関心を示めし始めた近藤勇を説いて、土方、沖田、永倉の腹心の者を連れ、牛込二合半坂にある松平上総介の邸を訪問した。上総介は将軍家の親類の一人であり、僅か三百石の捨扶持しか貰っていないが、身分は譜代大名の上席にあるほどだ。

浪士募集の件を幕府へ献策したのも上総介だが、この蔭には、荘内藩の郷士、清河八郎の暗躍があった。

勤王志士の一人である清河は、この浪士隊を牛耳って尊王攘夷運動のさきがけとし、天下に名を上げんという野心鬱勃たるものがある。

この清河の本性は、まだ誰も知らない。

とにかく邸を訪ずれた近藤一党を、松平上総介は大いに歓迎した。上総介は幕府講武所の剣術教授方をつとめているほどの剣客でもあるし、近藤等とも気が合った。

「おのおの方の剣の力を持って将軍家を助け、合せて尊王攘夷の実をも上げられい。頼むぞ、御一同!!」

上総介の激励に、一同、胸を躍らせながら辞去した。

大勢は如何とも出来ず、幕府としても朝廷を敬う態度を示すことによって、諸大名の勢力を引つけ、合せて将軍家の存続を計ろうとせざるを得なくなったわけだ。

永倉新八にしても、もとより将軍への忠誠をつくすべき大名の家来であったのだし、それと一緒に朝廷にも尊王の志をつくし、大嫌いな毛唐共を追っ払うというのであれば、高鳴る腕の武者振いの持って行き所に迷うことはなかった。

勿論、アメリカを始めとする外国の武力実力が、鎖国の幕に包まれて小さく眠っていた日本のそれと比らべて、どれほど強大なものか——などということは考えても見ない。

大砲を打ち合い、戦って見るまでは、〔神国の武士〕としての誇りと自信も、まだびっくりあわてることもなかったのである。

「俺はなあ、豊浦――浪士隊へ加わって京都へ行くが、きっと偉くなって見せるぞ。近藤さんも田舎ッぺえだが、あれで仲々肝の据ったところがある。俺達が固まってやれば、浪士隊の中から抜きん出て、うまく行くと旗本に出世出来るかも知れないぜ。おい、そうしたら、お前、どうする？」

明日は出発という前の夜――近藤、土方、沖田などと共に、深川の仮宅（前の洲崎遊郭）へ繰り込んだ永倉新八は馴染の豊浦という女郎と名残りを惜んでいた。

「永倉先生が御出世なすったって、あたしが奥方さまに納まると言うわけのもんでもなし――ほ、ほ、ほ……まあ、そうなったら、せいぜい、深川へ通って頂きましょうよ」

海岸辺りの上総楼という店の二階広間である。

近藤も土方も、沖田、井上も、それぞれ敵娼の女や芸者などを引つけて、三味線、太鼓を鳴らし、愉快に飲んだり唄ったり踊ったりしている。

幕府からの仕度金も下りたことだし、いよいよ一剣をもって天下の大事に加わろうという意気、天をつくばかりだ。

新八も威勢よく皆と調子を合せつつ、敵娼の豊浦と差しつ差されつ酌みかわしているのだが――どうも、さっきから気になることがある。

近藤を中心に左右へ居並ぶ同志の両端に坐っているのが永倉新八と藤堂平助だったが、その藤堂が例のごとく端然たる姿勢を崩そうともせず、新八から見れば気取り切った薄笑いを白皙の美貌にたたえ、チビリチビリと静かに飲んでいる。その藤堂が首を伸すようにして、ときどき、ちらッとこっちへ投げる視線を、新八の傍に居る豊浦の眼が言うに言われぬ媚を含んで受け止めるではないか――。

(何だ!!　面白くもねえ)

新八も情をこめて名残りを惜しもうと思っているだけに、語り合いながらも気が抜けることおびただしく、ついにムカムカして、

「おい、豊浦。お前、さっきから藤堂の方を見てニヤニヤしているが、一体、お前は、どっちの馴染みなんだ、どっちの敵娼のつもりなんだ」

「あら――」

豊浦は、けろりと眼を見張って、ムッチリと脂の乗った手を新八のそれへ重ね、

「永倉先生、嫉いているんですか――あら、いやだ」

色は一寸浅黒いが、抱き応えのある肌身を揉むようにしてククと笑う。

こう言われると一本気の新八だけに照れ臭くなり、豊浦のすすめるままに気を取直して盃を重ねた。

飲んで飲んで――気がついて見ると、何時の間にか小部屋の蒲団に、新八は寝ていた。

寄添っているべき筈の豊浦の姿は、行燈の光が鈍く漂っている部屋の中の何処にも見当らない。

しばらく待ったが、便所へ立った様子でもないらしい。

新八は（もしや――？）と思った。

廊下へ出る。しーんと沈まり返った冬の廓の夜の気配が、酔のさめた新八の肌を刺した。

あたりを見廻していた新八も、しきりに喉が乾くので、水差しを求め、もとの部

屋へ戻りかけ、

（おや——？）

微かに微かに囁く声がする。と、それに交じって聞き覚えのある忍(しの)び笑いが新八の耳に入った。

黄色い掛行燈(かけあんどん)の灯に、ぼんやりと浮んでいる廊下を、そっと辿りながら、新八の胸は煮えくり返っていた。

新八の部屋から三ツ目の部屋で聞えて来るその囁きは、まぎれもなく藤堂と豊浦のものである。

甘ったるい男と女の口舌(くぜつ)が、何時となく妙な喘ぎに変るまで立聞きをしていた新八も、余り馬鹿馬鹿しく、しかも惨めな自分の姿をかえり見て、ハッとなった。

（永倉新八もヤキが廻ったぞ!!）

余程、踏み込んでやろうと思ったが、そんなことをしてみても、豊浦の痴態(ちたい)と藤堂の色男ぶった冷笑に、尚更自分自身が惨めになることはわかりきっている。

（豊浦!!　お前には俺の気持がわからなかったのか——馬鹿だなあ）

新八はさっさと部屋へ戻り、身仕度を整えると、別れの朝、豊浦にやるつもりだった金五両を懐ろから出して、

（でも、考えて見りゃア、豊浦も俺にはよくしてくれたもんだ。藤堂の奴さえ出て来なけりゃ、気持良く別れることが出来たものをな）

淋しく苦笑を浮べ、新八は硯箱をとって懐紙に——元気でいろ。この金は小遣いにしてくれ。新八——と認めて枕元へ置き、そっと階下から裏木戸へ……。

昨夜、そっと松前藩邸を訪れ、両親に別れを告げたときに、新八の母が餞別に呉れた金五両であった。

表へ出ると、あたりには、僅かに薄明が漂っている。

暁方の冷気が、新八の全身の筋肉を、ピリッと引締めてくれた。

（これからの永倉新八の暴れ方を見ていろよ!!）

遊び馴れた深川の、海の潮の香とも、しばらくはお別れであった。

新選組誕生

京都に着いた浪士隊二百三十四名の一行は、壬生村の郷士や寺院へ四カ所に分宿することになった。

それから約半年ほどの間、永倉新八にとっては、今まで、のんびり暮していた浪人時代の毎日とは比べものにならぬ激しく目まぐるしい事件と事件の連続であったと言えよう。

到着早々、浪士隊黒幕の清河八郎が突如現われ、独断で京都御所へ勤王倒幕の建白書をたてまつり、天皇、朝廷の賛助を仰ぐと共に、着いたばかりの浪士隊を再び江戸に連れ戻し、横浜の外国人、外国船の焼打ちを企てようとした。

清河は威儀を正して浪士一同を集め、

「浪士隊の目的は近く上洛する将軍家守護の名目なれど、これは表向きのことである。以後は尊王攘夷のさきがけとなって朝廷の為に粉骨する為、この清河の指揮に従って貰いたい」

と、申渡した。

寝耳に水である。

芹沢や近藤は憤慨した。まるで鳶に油揚げをさらわれたように、浪士隊の頭領(とうりょう)が、突然、清河八郎に変ったのである。

「きゃつめ、甘言を以て幕府に運動し、浪士隊を組織した上、いざとなると寝返りを打って将軍家に背き、おのれの勤王倒幕運動に利用してだ、一人で甘い汁を吸い名を上げんとしておるのだ」

近藤一派と共に、郷士の八木源之丞宅へ宿泊していた水戸出身の芹沢鴨(せりざわかも)が喚(わめ)くように言った。

「とにかく、将軍家に於ても朝廷のお怒りを解かんと上洛なされる筈――この幕府危急の時に当り、将軍家よりの命令もないうちに、清河一人の采配(さいはい)によって再び江戸へ戻ることなどは以ての外でござる――のう、永倉!!」

と、むっつり居士の近藤勇もキッパリと芹沢に応じた。

「左様。われらは京の花見に参ったのではありません。どうですか、近藤さん。清河に従う奴はそれでもよい。われわれは何処までも京へ残り、将軍家と朝廷と、双方の御役に立ちたいと存じますが――」

新八も、かねてから、何となく怪しげな秘密の匂いに満ちた清河八郎の策動ぶりが、藤堂平助の薄笑いよりも気に喰わなかったし、一も二もなく芹沢、近藤の趣意（しゅい）に賛成した。

近藤派の土方、沖田、井上、原田、山南や、芹沢派の平山、平間の二隊士、その他三名、合せて十三名が清河に反対した。

清河は残りの二百二十余名を引連れ、さッと江戸へ引上げる。

さすがに一流の才智によって名高い清河八郎懸命（けんめい）の弁舌に、近藤等十三名以外の浪士達は、煙に巻かれて清河に従ったのである。

幕府も、この清河の言動には呆れもし怒りもした。幕府の京都守護職たる会津藩主、松平肥後守は殊に立腹して、佐々木只三郎という暗殺の名人に密命（みつめい）を与え、清河八郎を、間もなく江戸に於て暗殺させてしまった。

ともあれ、会津侯の庇護（ひご）により、浪士隊十三名は〔新選組〕の隊名と共に再出発することになった。

京、大阪に触出して新たに同志を募集し、集る者百余名。局長には芹沢鴨、近藤勇が就任し、副長には土方歳三、山南敬助の両名。副長助勤といって隊士の監督に当るべき十四名のうちには、勿論、永倉新八、藤堂平助も含まれていた。

〔新選組〕は意気盛んであった。市中の警衛、巡察、浮浪人の取締などに働くと共に、武器も整え、会津藩の勢力をバックにして、日に日に、その名を高めていった。

薩摩、長州、土州など尊王倒幕の志士達も、次第に新選組に対して恐怖と敵意を向け始め、市中での斬合いも頻発し始めるようになる。

幕府を倒さんと蠢動する勤王志士に対して、狼のように俊敏な実力を持つ新選組の働きは、幕府にも会津侯にも充分に認められた。

いわば新選組得意の絶頂にあった華やかな時代（それは短いものではあったが……）である。

この最中に、局長、芹沢鴨は、その傲岸、短気な性格をむき出しにして、傍若無人の振舞いが、目を逸向けしめるほどになった。豪快な武人肌の良い一面もあるのだが、何しろ異常な酒乱であった。

芹沢は、三十を二つか三つ越えた堂々たる体躯（たいく）、風貌である。水戸の郷士の出で無念流の免許皆伝。腕はもの凄いものだ。

とにかく、商家の女房を横取りして妾にする。島原の廓へ乗込んでは、取扱いが気に喰わぬとあって揚屋（あげや）の器物を三百匁の鉄扇を振ってメチャメチャに打ちこわす。

または、飲代を強請りに出かけて断わられた一条通りの商家へ、隊の大砲を持出して射ちかける、など——此処に至って、近藤勇は、隊の面目にかけても黙っていられなくなった。

永倉新八は、しかし、妙に芹沢と気が合った。芹沢もまた永倉をよく可愛がる。新八に言わせれば芹沢を悪鬼にするのは全く酒の為（な）せる業であって、酒ッ気の無いときの芹沢には実に無邪気なところがあった。新八は何時だったか、あの幼時に於けるうんこ饅頭のいたずらを話すと、

「愉快々々。永倉君も俺とそっくりだのう。君が迷惑をかけた御両親は、まだお達者かい？」

ぎょろりとした眼に、何とも言えなく優しい光を宿して、そう訊くのだ。

「ええ、まあ――江戸の藩邸で、不孝者の私をあきらめながら、仲良く暮しておることでしょうな」

「でもいいさ。俺なんぞ、もう、二人ともおらん――」

淋し気にこう言って、盃をふくみながら、低い、しわがれた声で、水戸あたりの鄙（ひな）びた子守唄などを唄い始める。

そして、ときどき思い立つように「おい、永倉君、君は毛深いなあ。襟元にもじゃもじゃ毛が生えとる。剃ってやろ」などと、気軽に剃刀を持ち出して来ることもあった。

芹沢の取巻は、水戸以来の平山と平間の二人だが、つい新八も芹沢にくっついて歩くようになっていた。

藤堂平助は、例の薄笑いを洩らしては抜目なく近藤一派に取入り、近藤の気に入られている。

こうするうちに夏が来た。

文久三年八月――朝廷に於ける薩摩・長州・会津の勢力争いは爆発して、それまで御所の警衛を命じられていた長州藩に代り、会津と薩摩の両藩が宮廷警固に当ることになった。長藩、毛利家の声望は失墜した。新選組は、あくまで会津侯の恩義に報いるたて前だから、御所の周辺に不穏な空気をはらんでうごめく長州藩士を圧して手も足も出させなかった。

このときの芹沢の態度、進退などは勇気凛々、死を決しての見事なものだったが、しかしこれから数日の後に、彼は暗殺された。

その日は、新選組の親睦会が島原の角屋に開かれ、芸者、娼妓を総揚げにして徹宵の大宴会になった。

芹沢は夜更けて、腹心の平山、平間と共に壬生の八木邸の屯所へ帰り、それぞれ妾を抱いて床へ入ったが――近藤は、この機を逃さず、土方、沖田、山南、原田の四名を遣って、熟睡している三名を刺殺した。

近藤は知らん顔で宴席に居坐り、藤堂もまたその傍に附きっ切りだったので、新八はもとより隊士一同は、全く、この密謀に気づかなかった。

翌日になって大騒ぎになる。近藤も土方も如何にも哀し気な顔をして芹沢の死をいたむ様子を見せてはいるが、このときにはすでに、事件の何物かを知らぬ隊士は一人も居ない。

芹沢派の者も、しゅんとして声も出なかった。こうなればもう近藤一派の実力に従うより他はないのである。

近藤が腕の立つ新八を刺客に選ばなかったのは、かねてからの新八と芹沢の友情を知っていたからだろう。

「近藤さん。芹沢さんを殺ったのはどこのどいつでしょうか？」

わざと白ばっくれて訊いてやると、近藤は、じろりと新八を見たが、すぐに元の(百姓面)に戻って、

「わからんなあ」

と言った切りである。

同じ釜の飯を喰って江戸の道場に暮していた近藤と、何か一枚、灰色の幕に隔てられた思いがして、新八は情なくなった。

「賊徒の為に芹沢横死を遂げ候」と会津藩へ届出た近藤は、その葬儀の日——威儀

堂々と眉一本動かさずに芹沢への弔詞を読んだ。

黒羽二重(くろはぶたえ)の紋付に仙台平のパリパリするような袴をつけた近藤勇は、会津藩、所司代などから列席した多勢の人々の前で、いささかも見劣りのない立派な態度、風采であった。

芹沢亡き後の責任者としての自覚が、いや自信が、こんなにもこの男の風貌を一変させるものであろうか——と、新八は息を呑んだ。

ややカン高いが、朗々と、しかも適当に哀惜(あいせき)の情まで匂わせつつ弔詞を読みすすむ近藤の顔を、新八は葬儀の列に居て、じいっと見守りながら、

(確かに、芹沢さんは良くなかったかも知れん——しかし、しかし俺は、情に於て、芹沢さんの死が哀しい!!)

つくづくと、そう思わずにはいられなかった。

同志去る

永倉新八は、京都でもまた、藤堂平助にしてやられた。

と言っても、今度は藤堂自身が手を出したのではない。女の方が藤堂を愛慕(あいぼ)するの余り、どうしても新八の言うことをきいてくれないのである。

女は、島原廓内の亀屋の芸妓で、小常と言う。

島原の廓は、屯所の目と鼻の先にあったし、到着当時の着たきり雀の浪士隊と違い、羽振りも良くなると、重立った者は女と化粧の匂いが紅燈に立ちこめる一廓へ有金の残らずをはたいて来なくては気がすまなかった。それは、血なまぐさい明け暮れであれば尚更のことであった。新八が幕府から貰う給料は月二十余両ほどで、遊興には全く事を欠かない。

小常は丁度二十才で、舞がうまい。江戸の女の浅黒い肌を見つけていた新八にとって、京の女の肌の白さは、ひとつのおどろきであったが、わけても、この小常の肌の色というものは白粉が顔負けをして塗られるのを厭がるほどのものだ。小さな引締まった唇から洩れる、ものやわらかな京なまりにも引つけられたが……とにかく柳眉細腰(りゅうびさいよう)、典型的な美女である。

通って通って通い詰めたが、どうしても小常は靡(なび)いてくれない。

「そないに言うておくれやしても、うちはまだ、そないな気持になれしめへんのどす――けど、うちは芸妓どすよって、新選組の永倉先生が、無理にとお言やすのなら、我儘を通すわけにもいきまへんなア……」

淡々と、こんなことを言う。

「そうか――お前がそんな気なら、俺も無理無体は出来ないよ」

「すみまへん……」

「他に好きな男でもいると言うのか？」

「さあ……別に――」

小常は白々しく恍けて見せる。

亡き芹沢などと違って、どうも、こうなると新八は押しが利かない。いっそひと思いにあの白い細い腰を抱き砕いてやろうと何度思ったか知れないが――いざとなって、小常の冷んやりした言葉を耳にすると、荒々しい情慾も萎れ返ってしまうのだ。

淋しく酒をなめて帰って来るか、または他の女に鬱を散ずるか――惚れているだけに、忌いましいが手が出ない。

それでいてあきらめ切れないのが、全く自分でも不思議だし、じれったい。こうなると意地になって、新八には珍らしく根気よく口説いてみるのだが、駄目だ。

新八は、隊の剣術師範に任じていたが、小常に振られ帰隊した翌日などは稽古が荒れて、隊士達は悲鳴を上げたものだ。

「貴公達は、それで長州や薩摩の犬が斬れるつもりか!! さア来い、片っぽしから気合を入れてやる。さア来い。さア、次だ、次だッ」

相手には稽古道具をつけさせておいて、新八は素面素小手、だらりと下げた竹刀をそのまま、入れ替り立ち替り飛び掛って来る隊士の竹刀を挑ね上げては、パーン!! パーン!!――と猛烈な横面が入る。

実に水際立ったものであった。

「ははは、今日も荒れとるな」

あるとき、散々に隊士を打ち捲ったあと、裏庭の土蔵前の井戸で、滝のような汗をぬぐっていると、着流しの半肌を脱いで刀の手入れでもしていたらしい原田佐之助が庭へ出て来て、新八に声をかけた。

芹沢が死んで半歳余、京へ来て二度目の春たけなわであった。

屯所は、壬生の郷士前川家の宏大な屋敷を借切り、隊士は全員、此処に起居している。しかし、重立ったものは洛中に妾宅などを構え、休息所と称していた。新八も、休息所の一つも欲しいところだが、今のところ、その相手は小常以外にないのである。

「貴公。いいかげんにしろよ」

と、原田は新八の手拭を引ったくるようにとって背中を拭いてやりながら、

「前から一度、貴公に話してえと思ってたことがあるんだよ」

と言う。

原田は江戸時代からの近藤一味で、松山藩の若党上りの乱暴者だが、竹を割ったような気性である。歳は新八より四ツか五ツ上だが背も高く、でっぷりとした仲々の美男だ。

若党時代に武士と喧嘩して「腹切りの作法も知らぬ下郎め!!」と言われたのを怒り「よーし。では見ていやがれ!!」と、いきなり裸体になって道端で腹へ刀を突立てたことがある。その傷あとを自慢で見せては「俺ア、死損ねだよ。おぬし達も腹切りの味は知らねえだろうな」などと、言葉も調子も伝法肌の原田佐之助だ。

新八とは気が合って、よく飲んで歩いたものだ。

「何の話だ？」と新八。

「貴公を振ったやつは、亀屋の小常だろう？　どうだ、図星か？」

「よせ、言うな」

「拗ねるなよ、永倉――だが、俺ァ友情から言う。小常はよせ。何だ、あんな女――」

「おぬしの女じゃァないぞ」

「これ、ムキになるなよ。いいか、永倉。ハッキリ言うと、あの小常にァ意中の男があるんだ」

「え――？」

「俺も、しばしば小常に仲を取持ってくれと頼まれたことがある」

「何だと」

「まあさ、そういきりたつなよ。俺ァ、おぬしがうまく物にするかと思って黙ってたのだが――どうも、あの女、まだあの男が忘れられねえらしいなあ――ところが、その男は先斗町の鞠菊というぽっちゃりしたのを休息所に囲って……」

「何、では隊士か？　そいつは——」

「藤堂平助よ」

「え——」

（またか!!）新八は、顔から火が出るような気がして呻いた。

「だからさ、もうあきらめろよ。な……」

「うむ……あきらめる」

「ああいう生ッ白いのが当節の女にはいいらしいなア。そりゃ俺達などと違って学問はある才は利く、おまけに腕も立つし折目も正しい。近藤局長の信用も大きいもんだが——しかしなア、永倉。こいつはおぬしだけに言うのだが、あの藤堂てえ男は、どうも俺ア、清河八郎の二の舞いをやらかすのじゃアねえかと思うことが、ふッとあるよ」

原田佐之助は、ちらりと眉を寄せて、こんなことを呟やいたものだ。

以後、注意して見ると、新八も（成程!!）と思った。

隊の親睦会などの宴席に、小常が入って来ると、新八にとっては冷ややかなその瞳が、ぽーッと熱っぽくうるんで、ちらりちらりと藤堂平助に射つけられる。

（畜生!!）考えまいと思っても新八も男だ。しかも相手は藤堂だけに、いっそもう小常の首を叩き斬ってくれようかと何度思ったか知れない。

（それにしても、ここまでのぼせ上ろうとは、俺もヤキが廻った）

ただ、品川の豊浦のときと違うのは、藤堂が丸で小常を相手にしない。冷然とそっぽを向いている。藤堂侯の御落胤（ごらくいん）とか言われる品の良い平助には、むしろ豊浦のような肉感的な女が好みに合うのかも知れない。

それにしても藤堂が憎かった。知らず知らず隊内に於ても藤堂へ向ける新八の視線が険しくなるのを見て、原田が心配そうに、

「大丈夫か、おい――おぬし、藤堂を……」

「まさか。ふン、俺もそれほど抜けてはおらんよ」

「そうか、安心した。しかし、おぬしは仲々初心（うぶ）なところがある。かなりの擦れっからしだと前は思っていたが、今は取消す。俺ア尚更、おぬしが好きになったよ」

原田ばかりか、藤堂自身も、新八のもやもやした気分を察したらしい。

この年、元治元年の四月に再び将軍家茂が上洛して、朝廷に幕府新法十八カ条の奏聞書を捧げ、朝命を請うことになり、その行列の警衛に出かけるという朝のことだ。

新八が自分の組の隊士に訓示を与えていると、藤堂がそっと近寄って来て、

「永倉氏」

と、肩を叩く。

「何だね?」

と、新八も良い顔は出来ない。

「それ、その顔だ、その眼だ」

「何がだ?」

「貴公は拙者を誤解しておられるのではないか?——亀屋の小常なんどという女は、拙者知らぬ。向うがどう思っていようとも、拙者はあのような……」

「もういい、藤堂さん。俺もそんな女は知らん」

「そうか、それならいいが——」

新八もかなり切迫した表情をしていたらしい。藤堂は例の薄笑いも見せずに、さっさと引返して行った。

あれから一カ月ほど、新八は島原へ行っても小常を呼ぶまいとしている。だが、どうしても悶々たる慕情を押え切れないのである。

（藤堂が死んじまえば、小常もおこりが落ちて俺に靡くかも知れん）そんな馬鹿馬鹿しいことも、ふッと脳裡をかすめるのである。まさか、俺が殺して——とは思っては見なかったが……。

しかし、藤堂平助が斬死をする機会は、それから二カ月程たって廻り来たったのだ。

元治元年六月五日の夜更け、新選組は、三条小橋の旅宿〝池田屋〟に集合する勤王志士を襲撃した。

これより二日前に、新選組は長州の志士、古高俊太郎を捕縛したが、これを凄惨な拷問にかけて——来る六月二十日を期し、長州藩士、桂小五郎は同志一同と共に、御所へ火をかけ、その混雑に紛れ島津侯（薩摩藩主）と会津侯をも襲撃し、同時に御所へ参入して天皇を迎え、これを長州へ御動座したてまつる——という陰謀を白状させた。

近藤勇も余り物に動じない方だが、この大陰謀にはびっくりしたらしい。二十日といえば目前に迫っている。それまでには不逞の勤王志士を一網打尽にして新選組の使命を果さねばならぬというわけだ。

直ちに近藤は密偵を洛中に放ち、志士の潜んでいる場所を突き止めよと厳命した。

五日の夜に、池田屋と縄手の四国屋に別れ、長州藩士の会議が行われることが判明したのは、その日の早朝である。

近藤は、事態を会津侯に届け出て応援を乞うと共に、隊士召集を行い、これを昼間のうちから目立たぬように少しずつ洛中へ外出させ、夕刻までに祇園の町会所へ集合させた。

折から祇園祭の宵宮で、山なみに囲まれた京の町の蒸暑さは夜に入っても、そよとの風もない。祇園囃子（ぎおんばやし）が寝苦しい月のない夜空に流れて、表通りは、涼をとり宵宮を楽しむ人々で賑わっている。

しかし池田屋附近の路々には、所司代や奉行所の人数がひそかに出張って警戒を行っていた。

近藤は人数を二手に別け、土方歳三に隊員のほとんどを預けて縄手の四国屋へ向わせた。自分は永倉、沖田、藤堂、それに前髪をおろしたばかりの養子の周平を従えて会津の応援隊を待ったが、どうしたものか、これが仲々に到着しない。

じりじりしながら亥刻（いのこく）近くまで待っていた近藤も、しびれを切らし、

「永倉君。こうしていては彼等が散ってしまう。われわれだけでやるか!!」

と言った。

実戦となると、近藤は新八の腕を頼りにしていてくれるだけに、新八も嬉しく、

「密偵の調べによれば池田屋の敵は三十名ほどだそうですな」

「こっちは五人。それでいいな」

「よろしいですとも――」

沖田も周平も新八と共に勇み立っている。腕に自信はあるが、今夜だけは、みん

な死ぬ覚悟になった。

藤堂は、その瞬間に、さっと眉をひそめたが、誰にも気づかれなかったらしい。おそらく（無謀な!!）と思ったのだろうが、こうなっては藤堂も口を出せない。それほどに近藤や新八の気魄は鋭く激しく、退っ引ならないものをもっていたと言えよう。

町会所を出た五名は、いずれも帷子に襷・鉢巻。思い思いの皮胴をつけて三条大橋から小橋を渡り、右側の池田屋へ斬込んだ。

池田屋は間口三間半、奥行十五間ほどの、軒の低いささやかな宿屋だが、ぴっちりと大戸を下ろしていた。だが、潜り戸の掛金は、かねて旅商人に化けて泊っている密偵の山崎稼が外してある。

近藤は「亭主。御用改めであるぞ!!」と呼ばわって、堂々と乗込んで行った。

たちまち、池田屋の内と庭は、気合と怒声と血飛沫と、刃金の打合う凄まじい音響の渦巻と化した。

新選組の斬合いのうちでも、この池田屋の斬込みは悪闘苦斗の一つに数えられる。

三十対五の争斗だ。新八も必死であった。

新八は藤堂と二人、肩を並べて表座敷の縁側に立ちはだかり、斬捲(きりまく)った。近藤は沖田と共に裏座敷へ——近藤周平は手槍を構えて表の土間に控え、逃げかかる志士達を突っかける。

夢中になって刃を振っているうちに、何度も何度も敵の刃先が、着込んでいる鎖帷子(くさりかたびら)へチリチリと触れるのを、新八は意識しつつ、

(来い!!　いくらでも来い!!)

湧き上る斗志を縦横に駆使(くし)して暴れ廻った。

どの位時が経ったろうか——。

時折、奥の方から聞える近藤の気合いが、

「えーい……おーッ……」

と、聞えてくる。

ぴいんと肚に響き渡るような気合いであった。

この気合いは期せずして永倉達を奮い立たせるほどの力をもっていたものだ。

そのうちに、四国屋へ向った土方一行が、引返して来た。四国屋には集合がなかったのである。

こうなると、長州の志士達も俄かに不利となって、散々に斬られ、または捕えられた。

新八は座敷から庭へ飛降り、二階の屋根から逃げにかかる志士達と渡り合った。

「あーッ」

たま切るような絶叫に、ふと振向くと、縁先から降りようとしたらしい藤堂が、血みどろに顔をそめて倒れ、今や志士の一人の打込みを、しどろもどろに避けているではないか。

「おッ!!」

助けに駆け寄ろうとして、新八はハッと足を止めた。

(藤堂が死ねば、小常も……)

それも一瞬のことだ。新八は、そう考えただけの自分の卑劣さを捥取るように首を振り、横合いから敵に襲いかかった。

振向いた敵が打ち下ろして来たのを下から擦り上げる例の竜尾の剣!!

「うわーッ」

ざっくりと横面を割られて倒れながら、敵は、最後の一振りを新八に送り込んで来た。

新八の左の親指が、ぽろりと落ちた。

激斗、二時間余——。

翌朝、壬生の屯所へ引上げる新選組を見物する人々は沿道に群れ、満ちた。

藤堂は頭から顔にかけてべっとりと血に染んだ繃帯をし、釣台に寝かされて運ばれた。

新八は曲って鞘へ入らなくなった刀を提げ、荒布のように切裂かれた衣服のまま、藤堂に附添って行く。

と、藤堂が、

「永倉氏――永倉氏――」

と呼ぶ。

「何だ？　大丈夫かね？」

「うむ……しかし拙者は、あんたに助けられたくなかった。負目になりたくなかったよ」

ニヤリと、こんな厭味を言う。新八は気にもしなかった。それよりも……。

（あのとき藤堂を助けなんだら――俺は、けだものになるところだった）

そう思って、何度も安心の溜息をついたものだ。

この池田屋騒動を頂点にして、新選組も、また幕府も、じりじりと衰亡（すいぼう）の路を辿り始めるのである。

一カ月後の蛤（はまぐり）御門（ごもん）の戦に、朝廷での勢力を争って戦い合った薩摩藩と長州藩は、翌々慶応二年正月――土佐藩士、坂本竜馬の奔走と斡旋によって手を結び、王政復古を目指して幕府を倒さんと、恐るべき勢いを示し始める。

外には英仏、米などの外国が条約の勅許を迫って幕府を圧迫する。

新選組も今度は薩、長、土の諸藩の志士達を相手に、孤軍奮斗をつづけたが、日に日に形勢は悪化するばかりだ。この年、七月には将軍家茂が焦慮のうちに没し、一橋慶喜が十五代将軍となった。

そして、薩長二藩の大軍は、続々と京都に入り、討幕の密勅を賜わることになったのである。

藤堂平助が、こうした時代の流れを敏感に汲み取って新選組に見切りをつけ、新たに尊王の志士として再出発しようと計ったのは、彼にしてみれば無理もないことだったかも知れぬが、しかし、その為に、藤堂は命を縮めることになった。

池田屋以来、藤堂も新八には前のような態度を示さなくなり、今度はひそかに蔭へ廻って、新八と小常の仲を取持つべく工作をしてくれたらしい。

小常も、ようやくにあきらめたのか、慶応元年の正月には、新八の愛人として囲われることになった。

「うちはなあ、まだ藤堂はんのことを思い切れへんのどっせ。それでもよろしおすのか？」

「お前がよければ、それでいい」

「藤堂はんも望みのうなりましたし、それにうちも芸妓どすよって、何時までも男はんの手を逃げ廻っているわけにもいけしまへん。うちはなあ、藤堂はんの次に永倉はんが好きやのどっせ。ほなら、他の男はんの手に抱かれるより、もういっそ、永倉はんに……」

「ふうん。お前はハッキリしておるなあ——ま、いいさ。とにかく仲良くしてくれい」

囲ってみると——始めはぎこちなかった二人の間も肌と肌に通い合う温みに溶けて、小常も満更でなくなった。

新八は月に十両から十五両を小常に渡し、一日置き位に泊って行った。年に十両もあればどうにか暮して行ける世の中だから、小常も、新八の気前の良さにすっかり満ち足りて、そのお返しに万全を期するようになったのは言うまでもない。

慶応三年三月——藤堂平助は、二年前に新たに加入して参謀の職に在った伊東甲子太郎に従い、新選組を脱退した。

伊東甲子太郎は穴戸大学頭の家来だったが猛烈な勤王思想を抱き、先年応募して新選組に入ったのも、かねて知り合いの藤堂の斡旋によるものだ。

だから入隊の真意は、藤堂と共に新選組を倒し、近藤勇を葬むって、その実績により長州薩摩に喰い入り、勤王家として世に出ようという、これも清河八郎同様の策士である。

伊東、藤堂等は、

「近頃、薩長の蠢動ただならぬものあり。よってわれわれは一時新選組と離反したる体に見せかけ、彼等の内情を探知したいと思う」

という名目で脱退を申出た。

近藤は難かしいことは何も言わず、快よくこれを許可したが――内心は期するところがあったらしい。

ことに可愛がっていた藤堂に裏切られたことは、近藤にしても耐えがたいところだったろう。

伊東はその後、薩長二藩の有志と連絡をとり、近藤暗殺を狙って動き出した。

伊東甲子太郎が、近藤の謀略に引っかかり、誘い出されて暗殺されたのは、翌慶応三年十一月十八日の夜であった。

近藤は、この死体を七条の辻、油小路の十字路へ引出し打棄てて置き、一方、高台寺に在る伊東一派の〝山陵衛士屯所(さんりょうえいしとんしょ)〟へ密偵を以てこれを知らせ、死体を引取りに来るだろう伊東一派を押包んで一挙にこれを斬殺してしまおうと計った。

間もなく——甲子太郎の弟、鈴木三樹三郎を先頭に、同志七名が凍(い)てつくような月光を浴び、半ば新選組の襲撃を予期しつつ、決死の姿を油小路へ現わしたものだ。

藤堂平助もこの中に居た。おそらく池田屋の時と同様、退くに退けぬ立場にあったのだろう。

新選組では原田佐之助と永倉新八が、近くの蕎麦屋に潜み、あとは沖田総司が指揮し、腕利きの隊士を伏せて伊東一派を待った。

亥刻(午後十時)を過ぎる頃、森閑(しんかん)と寝静まった油小路の辻に捨て置かれた伊東甲子太郎の死体に、七名の影は近寄って来た。

蝗のように躍り出る新選組四十余名!!

まさかこれほどの人数とは思わなかったろうし、おまけに昼のような月の明るさだ。どうすることも出来ない。

伊東派七名も眥を決して立向って来た。

新八も抜刀して駈け寄って行くと、入り乱れる乱斗の中から飛び出しパッとこっちへ向って斬りかかって来る者がある。見ると、藤堂平助だ。

「おお!!」

と、立ちすくむ藤堂――。

「あ……」

一瞬――無意識のうちに新八は、むしろ逃げるように身を避けて、藤堂の逃道をつくってやった。

感謝の一瞥を投げ、藤堂が背を見せたとたん、横合いから隊士の三浦某が「ヤッ」と背中へ斬りつけた。

藤堂は振向いて、見る見る鬼のような形相になった。三浦は藤堂が在隊中、弟のように面倒を見てやっていた男だったのだ。

「うぬッ、貴様までが……」

藤堂が引返して三浦と渡り合うのを見て、どッと隊士達が殺到する。

藤堂平助は他の同志二名と共に、ずたずたに斬られて、この夜、まだ春秋に富む生涯を終った。

甲子太郎の弟、三樹三郎は、うまく斬抜けて逃げることが出来た。

青白い月光に包まれ、血みどろの顔を体を横たえている藤堂の両手には奮闘した大小二刀が、しっかりと握られている。

（まだ死にたくない、死にたくない!!）と言いたげな藤堂の、歯を喰いしばっている死顔を見ているうちに、新八の両眼には、何故かふつふつと熱いものが込みあげてきた。

尾上小亀

それから二十二年を経て——五十一才になった永倉新八の姿を、京の加茂川沿いの旗亭の一室に見出すことが出来る。
明治二十三年の九月——きびしい残暑に喘いでいた京の町が、昨夜から今朝まで荒れ狂った暴風雨あとの、俄かに澄み渡った秋の空に包まれた或日のことである。もう昼近い頃で、加茂川を隔てて窓一杯に、なだらかな東山の峯々が初秋の陽を浴びている。

新八は、やや猫背になった上体を、のびのびと寝転ろばせ、髷も切り、短く刈り込んだ胡麻塩の、少し禿てきた頭に手枕をかい、うつらうつらと眠っていた。

卓上には二、三本の徳利と小鉢が置かれてあるきりで、時刻外れの、この旗亭の二階の一室には、あくまで静かな、ものさびしい秋の気配が漂っている。

新八は今、或るひとを、或る女を待っているのだった。

この二十余年の間には、全く、いろいろなことと言うよりも、新八にとっては驚天動地の事件の連続であった。

（よくまあ、俺は、此処まで生きのびて来られたものだ。俺は、何という運のいい奴なんだ――）

つくづくと新八は、そう思う。

武士にとって絶対のものだった将軍家が、幕府が消滅し、王政復古は、薩長二藩の強力な進撃の前に成立した。

武士もなくなってしまった。武器をとって国を守るものには徴兵令を施いて貧富の階級を問わず全国の人々を集め、政府が、これを訓練する世の中である。天皇の下に薩長の藩閥をもって固めた明治政府は、激しい外国文明の進歩に追いつこうとして、日一日と、新たな驚きを国民に与えつつある。

現に、この部屋の天井にぶら下っている電灯というやつ——ビードロの笠の上のネジをひねると、パァーッと昼のような灯りが夜の闇を忘れさせるという驚くべきしろものだ。鉄道が引かれ、工場が建ち、会社が出来、汽船が走る日本になったのだ。

新選組……それは、まぼろしのような、遠い夢の記憶すらまこととは思えぬほどの、はかない思い出になった。

薩長二藩を主流とした倒幕の軍は次々に幕府を、諸大名を、抵抗する幕軍を切り従え、新選組の悪戦苦闘も空しく、藤堂平助が殺された翌月には、ついに近藤勇以下新選組一同は京都を引払って大阪へ移ることになった。将軍慶喜は大政を朝廷に奉還した。

京都は薩長の兵に固められて、もはや新選組と言えども手も足も出ない状態になってしまっていたのだ。

翌明治元年四月二十五日、敗軍の将、近藤勇は官軍に捕えられて板橋刑場の露と消える。

新選組も、ばらばらに解体(かいたい)してしまった。

土方歳三も、函館に立こもる幕軍に投じて戦死——原田佐之助は、仲良しの新八と共に会津へ行って官軍と一戦しようとしたが、途中で気が変り、江戸へ引返して上野の彰義隊へ飛込み、あの上野の戦争で流弾に当って死んでしまった。

沖田総司も病死。またあいつも、あの男も——散り散りに、ほとんどは死に絶えた中の生き残りの一人に、永倉新八はなったわけだ。

新八の行動には一切おかまいなく、明治新政府は次々に新しい政令を、世の中を、人間を、つくりつつあった。

(もう何をしたところで始まらんなあ!!)

がっくりと気落ちがした新八は、まだ幕軍生残りの探索(たんさく)がきびしい江戸に潜んでいるうち、あれは明治二年の春だったが——両国橋の袂、昼間の雑沓の中で、バッタリ鈴木三樹三郎に出会ってしまった。

三樹三郎は、新選組の手にかかった伊東甲子太郎の実弟であることは前にのべた。

新八も一人、三樹三郎も連れは無い。

互いにハッと見合って、四間ほどの距離をおき、両人とも見る間に眼の色が変る。

三樹三郎の眼は怒りと恨みに煮え沸(たぎ)っている。

(これア、いかん)

新八は、実のところ冷汗が腋の下にジワジワと浮いてきたものだ。

(勝てば官軍、負ければ賊——三樹三郎は勝てばの方だ。俺は賊……)

あれほど斬合いの場にのぞんで、ビクともしなかった新八だが、こうも時代が変って見ると、腰の一刀を引抜く勇気もないのに、我ながら呆れ果てた。

一間、二間――と、三樹三郎は歩を進めて来る。

（くそッ!!　負けるものか）

懸命に睨み合いながら近寄ると、

「しばらくでござった。貴公は今いずれに？」

と、押つぶしたような声で三樹三郎が訊く。

「松前藩に帰参いたした」

出たら目に答えると、相手はニヤッとして、

「では、いずれまた――お目にかかりますかな」

擦れ違って、どんどんと三樹三郎は人混みの中へまぎれてしまった。

（俺は、言わばあいつの兄の仇だ。見逃す筈はない）

新八は、ぞっとした。

出たら目が本当になり、新八は旧藩主松前侯邸へ飛込み、まだ温顔をそのままに健在でいた家老の下国東七郎に事情を話し、匿(かくま)って貰うことになった。

新八の両親は、数年前に相次いで歿している。

新八は、下国家老のすすめで、それからすぐに領国の福山へ隠れ、そのうちに、これも下国の世話で、福山の医師杉村松柏(すぎむらしょうはく)の養子となったのは明治三年三月である。

明治八年、新八は樺戸監獄の剣術師範に招聘(しょうへい)され、十年余を勤務したが、明治十九年夏に辞職。東京への帰途、函館に剣友、土方歳三の霊を弔った。

竹刀一本を手に、それからも永倉新八は諸国を漫遊(まんゆう)したり、ときたま妻と二人の子が居る福山へ戻ったりしていたのだが——この年、明治二十三年に京都へ着き、壬生や島原の旧知を探し訪ねては、旧交をあたためて歩いた。

新政府は、もはや賊軍の一人に構ってはいられない。気楽な気ままな、そしてのびやかな明け暮れが、老年に入った新八に再び訪れて来たのである。

つい、四、五日前のことであった。

新八は、昔、あの小常と愛の巣をいとなんだ本願寺筋釜屋町の旧居の辺りを懐かし気にうろついていると、

「もし、先生!!――永倉先生やおへんか?」

すぐ前の八百屋の店先から中年の女房が飛び出して来て叫んだ。

「おう――おかみさんかあ!!」

休息所へ通って来た頃、小常の仲の良かった近所の八百屋の女房なのである。

「ま、まあ、しばらくどしたなあ!!　ようまあ、御無事で……」

「お互に老けたなあ」

「ふふふ……」

「うむ。旦那も元気かね?」

「へえ――今、ちょっと出てますのやけど――ま、とにかくお入り……」

折から、さーッと驟雨が叩いてきた。

店へ入って、いきなり、

「先生。先生は、お磯はんのことを御存知どすか?」

「お磯?――おかみさん、知っているのか?」

「へえ、では御存知なかったのどすか」

「知らん!!　あいつ、何処にいるのだ」

思わず新八は、女房の肩を掴んだ。

あの日――新選組が京を落ちて行く日、小常との間に生れ、まだ半年も経たぬ磯子に、新八は激務の為、会うことが出来なかった。

小常は、磯子を産んだとき産後の肥立ちが悪く、急死していたのである。

新八は、この八百屋の女房を屯所に呼び、金五十両をつけて、祇園大和橋に住む小常の姉に届けさせた。磯子は其処に引取られていたのだ。

「江戸の松前藩邸に、俺の従兄で松前嘉一郎というのがおるからな、世の中が治まったら磯子を引渡してくれ――俺はもう、生きては帰るまいよ」

実際、あのときはそう思っていたのだ。

生れたばかりの娘の顔を、二度か三度、それもうろ覚えにしか覚えていない新八であった。

思い出すことはあっても、あの動乱の最中に、何時かそれも、新選組の記憶と共に夢を見るような錯覚さえともなって、

(どうしているかなあ――)漠然と、そう思うだけだった。

しかし、娘の磯子が生きている、しかも、大阪で尾上小亀と名乗る女役者になって一座の花形となり、関西一帯に素晴らしい人気を集めていると聞いたとき、新八の血は騒いだ。

「ほ、本当なのかい？　おかみさん――」

「先生に嘘いうてどうなります。一年に一度か二度、うちへも、ひょいと訪ねて見えまっせ――そりゃもう、小常はんそっくりの……」

そっくりの白い肌、黒い髪――だが、円らな、それでいてクリクリと小気味よく動く瞳（め）のいたずらっぽいところだけは、新八そっくりだと、八百屋の女房は語った。

その磯子が、二十二才の――それは新八と一緒に住んだ頃の母親と同じ年頃の、しかも鬘下地に結い上げた艶姿を、この旗亭の一室へ、間もなく現わそうというのである。

八百屋夫妻の斡旋で、丁度、大阪に出演していた磯子に、うまく連絡をつけることが出来た。話を聞くと、磯子は、

「嬉しいなあ!! 伯母はん(小常の姉)からよう聞かされた江戸ッ児のお父はんに会えるなんて、夢みたいや」

無邪気によろこんでくれたと言う。

「江戸ッ児か――」

新八は、ふと呟やき、苦笑した。

(だらしのない江戸ッ児があったもんだ。でも、磯子は幸せに育ってくれたらしいなあ――それでなければ俺を恨みもせずに、無邪気によろこんでくれるなんて……いや、あいつを育て上げてくれた見も知らぬ多勢の人々に、俺は何と言って頭を下げたらいいものか……)

窓に立つと、加茂川の水に秋の陽が燦き、赤蜻蛉(あかとんぼ)が、新八の頬を掠(かす)めて飛去った。

そのとき、新八は川の瀬音に交じって、階下へ入って来る華やいだ若い女の声を耳にした。

「あ――来た!!」

あわてて、卓の前へ坐り、又、坐り直し、襟元をかき合せていると……。

「先生、お磯はんがおいやした。先生!!――」

階段を踏み鳴らして近づいて来る八百屋の女房の声に、新八はパッと赤くなった。

新八は、へどもどしながら、右手に盃を、左手に冷えた酒の残っている徳利を持って注ごうとした。

親指のない新八の手のうちで、徳利はカチカチと震えながら、盃に音をたてた。

黒雲峠

この峠は、駿河と甲州の境にある。

その頂上は、折り重なった山々に囲まれ、見晴しは余り利かず、甲州側へ抜ける山道の両側は、楢（なら）や杉の原始林だった。

谷間にあった無人の炭焼き小屋の焚火に一夜を明し、この日の未明、たちこめる秋の山霧を雨合羽に避け、峠へ登って来た五人の侍は、いずれも築井家（つくいけ）の藩士である。

彼等は、やがて此処へ登って来る筈の、二人の侍を待受けているのだ。

間もなく、この峠の上で、二対五の生命を賭けた斬合いが始まろうとしている。

一

築井家の奥用人、玉井平太夫が、鳥居文之進という馬廻役の青年武士に討たれたのは二年前の夏のことだ。

築井家は山国の小藩で、平太夫は、もと奥祐筆頭をつとめ、城の御殿での記録文書を筆記していて、身分は十五石四人扶持という小身者だったが、能書の者の多い祐筆衆の中でも、とりわけて、その筆蹟は見事なものだった。

やがて、藩主に書道を教えるようになり、持ち前の愛嬌と機智を大いに認められ、藩主の築井土岐守は、手習いのときばかりではなく夜のお伽の相手にも呼ぶようになった。

平太夫は乱舞や鼓にも長じていたし、話術も巧みで藩主の奥方にも気に入られ、それからはとんとん拍子に出世して、鳥居文之進に暗殺されたときは、五百五十石の奥用人にまでのし上っていたのである。

奥用人といえば、御殿の奥深く、藩主の傍に附きっ切りで、身辺の用事はもとより、政事向きのことにまでも重要な発言を許される、いわば藩主の秘書のような役目で、それだけに平太夫の威勢は大きなものとなった。

藩主が一日も平太夫なくては——というほどの寵愛ぶりだし、家老達も一目置くようになり、平太夫の口利きで出世の蔓を摑もうとする取巻きの侍や部下の追従や賄賂にも馴れて、平太夫は次第に我を忘れ、漫心しはじめた。

土岐守が参勤交替で江戸の屋敷に暮しているとき、ひそかに吉原へ案内して遊興の味を覚え込ませ、世間知らずの若い藩主を有頂天にさせたのも平太夫である。

平太夫は少年の頃から小身の家の約しい家計に生れ育ち、中年近くなってから異常な出世をしただけに、藩主の寵愛を一身に浴びているのだという自信をハッキリと知ったときには、藩主と共に踏み入れた享楽や官能の世界——濫費のたのしさに、目もくらむような思いで溺れ込んでしまったのだ。

築井藩は五万石だが、山国だけに米も余り穫れず、風水害も多い。貧乏な藩だから、藩主の無駄使いは、たちまちに下へ響いてきて、詰まるところは民百姓を圧迫し、底の底までも、これを滓り取るという悪い政事になるわけだ。

それでも藩の侍達は、平太夫の威勢をおそれて、蔭では嫉妬しながらも、これを咎めないばかりか、むしろ反対に、そのおこぼれを拾おうとする者が大半だったと言ってもよい。

鳥居文之進は、ついに、たまりかねて、二年前の夏の夜、平太夫が城下に囲ってある妾の家へ駕籠で出かけるところを、城下はずれの藤野川にかかっている橋のたもとに待伏せ、単身襲いかかり、刺し殺して逃亡したのである。

土岐守は激怒して捜索隊を八方に飛ばして文之進を追わせたが、捕えることは出来なかった。

文之進は、母一人子一人の家で、母はすぐに自害してしまい、鳥居家は取り潰され、平太夫の長男、伊織が敵討ち（かたき）に出ることになった。

藩主の寵愛（ちょうあい）する玉井平太夫の敵討ちだけに大がかりなものとなり、土岐守にこの敵討ちを公儀に届出ると共に、玉井伊織の助太刀として五人の藩士を選抜した。

小西武四郎（三十六歳）

佐々木久馬（二十四歳）

樋口三右衛門（二十七歳）

それに、足軽頭という小身だが、剣術に長じている富田六郎、村井治助の二名と、故平太夫の弟で、玉井惣兵衛という四十五歳になる侍を加え、玉井家の仲間（ちゅうげん）、伊之助が供について、敵討ちの旅に出発した同勢は八人だった。

二

玉井惣兵衛は勘定方(かんじょうがた)をつとめていたが、ただ一人の親類として、厭でも甥の伊織に附添って行かなくてはならなくなり、

「わしは、算盤をはじくことなら誰にも負けはせんが、刀を抜くことは大きらいなのでな。困った、実に困ったことになったものだ」

と、妾のおみちにこぼした。

おみちは足軽の娘で、数年前に妻が病死したまま独身の惣兵衛に仕え、その身の廻りを世話していた女中なのだが、小柄で肌が抜けるように白く、固肥りした愛らしい女だ。

すぐに惣兵衛は、おみちに手をつけ、城下の弓張村というところへ小さな家を建ててやって、ひそかに住わせ暇さえあれば入りびたりになっていたのである。

「でも、小西様はじめ五人もの方々が助太刀についておいでになるのですから、大丈夫だと思いますわ」

と、おみちは屈託(くったく)なく笑うのである。

「それは、まアそうだ。甥の伊織と文之進とは互角の腕前だそうだしな。その上に小西のような一刀流の免許を持っている強いのがこっちについているのだから、まア、わしが手を下さずとも……」

　おみちは声をたてて笑った。

「何が可笑しい？」と、ムキになる惣兵衛に、

「だって――だって、あなたさまが腰のものをお抜きになるところを考えると、あたくし……」

「これッ。つまらんことを言うなッ」

　鼻白んで睨みつけてみたものの、惣兵衛も、思わず苦笑をさそわれてしまい、

「全くなア。戦国の世ならともかく、今更、刀を抜いて斬り合うことなどは考えただけでも馬鹿馬鹿しい」

　舌打ちをして彼は、此頃、ややたるみかけて、でっぷりと肥ってきた膝におみちを抱き寄せ、その背中から手を廻して、やわらかな胸もとへ差し込みながら、

（兄も殿様の寵愛をいいことに、少しやりすぎたのだ。職権を利用しての収賄だけでも大へんなものだったからな。殿様を焚きつけ、自分一人が良い思いをして、

のさばり返っているからこんなことになるのだ。文之進も文之進だ。何も殺さなくてもよかったではないか。若い者は短気で困る。全く困る。おかげで、わしは、彼の首をとるまでは、この可愛いおみちの肌の匂いを無理にも忘れなくてはならない……）

惣兵衛の長男は幼少の頃に亡くなり、次男はいま十五歳になるが、子供のことよりも中年になって初めて知ったおみちの奔放な、若さに満ち溢れている肉体の魅力に惣兵衛は夢中だったのだ。

若いときには養子の口もなく、小身の家の次男坊で、兄の平太夫の厄介になり、平太夫が出世してから、その引き立てで勘定方へ取り立てられ五十石の知行(ちぎょう)を貰うようになっただけに、惣兵衛は、女と言えば病身だった妻の痩せた体以外にほとんど知らないと言ってもよかった。

出発の日——藩主の土岐守は、わざわざ乗馬で城下はずれへ出て来て敵討ちの一行を見送った。異例のことだったし、それだけに藩主が亡き平太夫へ向けていた寵愛の度が強く、敵、文之進への憎しみが激しいということになる。

藩の侍達も平太夫の死には何の未練もなく、むしろ（態を見ろ）という気持の方が大きい。平太夫の出世と権力には不平満々だったし、藩主から受けている寵愛ぶりには、羨望と嫉妬でジリジリしていたのだったが、藩主みずからが見送りに出るというので、その手前仕方なく、ほとんどの藩士が伊織一行を藤野川の橋まで盛大に見送った。

玉井伊織は、十日ほど前に生れたばかりの赤児と若い妻と、父が出世を遂げてからも尚、約しい昔の儘の控え目な暮しぶりを守っている優しい老母と別れ、気の進まない敵討ちの旅にのぼった。

（文之進が父を討った気持は、よくわかる。殿様を籠絡し、藩の綱紀と政事を乱した父が討たれるのは当り前のことなのだ）

と、伊織は何度も何度も自分の胸に言い聞かせた。

小西武四郎はじめ助太刀の侍達も、自分の敵でもない文之進を討つ為に、ともすればこぼれかかる愚痴や忿懣を押え押え、それぞれの妻や子に別れを告げ、この厭な役目を一日も早く果して、故郷へ帰る日のことを考えつづけていた。

出発の前日、お暇の挨拶に御殿へ上った伊織と六人の侍達に、簗井土岐守は額に青筋をたてて、

「文之進を討ち果すまでは、そのほう達、死んでも帰るなッ」

癇癖（かんぺき）の強い声で、そう命じたのである。

助太刀の侍達にしても、玉井平太夫が殺されたときには双手をあげ、

「これで悪臣が消え、殿様のお目もさめるだろう」

などと、よろこび合ったものだが、藩主の怒りが、ひたすらに敵の文之進に向けられている現在、厭でも、この任務を果して来なければならなかった。

だが、独身で、槍が自慢の佐々木久馬と、仲間の伊之助だけは、激しく意気込んでいた。

久馬は敵に出会ったときの自分の働きに、冒険と昂奮と功名を思い、伊之助は、若旦那様のお供をして旦那様の敵を討つ日の感激に今から燃えていた。というのは、悪臣と言われた玉井平太夫も、自分の家来には、下僕、女中に至るまで、仲々思いやりの深い一面があって、伊之助が女中のお仲と心を交し合うようになったと

きも、寛大（かんだい）に二人を夫婦にさせて邸内の一部屋を与えてやったこともある。それだけに伊之助は、主人の悪評も耳に入らず、ただもう、文之進への恨みに徹し切っていたのだ。

三

敵の鳥居文之進は玉井平太夫を殺害するや、北国への街道を逃げにかかった。文之進の伯父が、北国に五十万石を領する或る大名に仕え槍奉行をつとめていたからである。

築井家の捜索隊も、これを見通していち早く国境の警備を固めたし、数日のうちに伊織一行が追い迫って来たので、大胆にも文之進は、山伝いに引返して来て築井の城下町の背後を抜け、江戸へ向った。

信州から奥羽、上州と、伊織一行に追われて、何度も危機に遭遇しつつ、文之進はその年の秋に江戸へ入り、八丁堀に道場を開いている剣客、天野平九郎のところへ逃げ込んだのである。

天野平九郎は越後新発田の浪人で、江戸の町を荒し廻っていた八人組の浪人くずれの強盗を斬殺したという噂もあったし、奉行所の与力、同心達にも、かなり門弟がある。

文之進は剣術に熱心で、藩主の供をして参勤交替で江戸の藩邸につとめているときなどには、よく天野の道場へ出入していたらしい。

「面倒なことになったぞ」

と、敵討ちの指揮者をもって任じている小西武四郎が唇を噛んだものだが、果して文之進の所在を突き止めることが難かしくなった。

幕府の許可を得ている敵討ちだが、天野平九郎の門弟である奉行所の役人達が巧みに邪魔をして尻尾を摑ませなかったし、平九郎もしぶとい男らしく、平然と道場を構えたまま動ずる気色もない。

逃げ込んだことは確からしいし、伊織一行は、それから半年近くも、根気よく天野道場を見張っているより仕方がなかったのだ。

築井家の江戸藩邸からも侍を出して、いろいろと援助してくれたが、平九郎と文之進は親類でも何でもないだけに「そんな者は知らぬ」と突ッぱねられればそれまでのことなのである。

「こうしているうちに、文之進の伯父が救いの手を出すようになっては事がいよいよ面倒になります。いっそのこと斬込んでは――」

と、血気にはやる佐々木久馬も、見えないようでいて、道場内の厳重な警戒ぶりには二の足を踏まざるを得ない。屈強の門弟達が十数名も泊り込んでいる。斬り込んで、もし文之進が見つからなかったときは目も当てられないことになる。

それが、この春、突然に文之進に天野一人を附人（つけびと）として江戸を脱け出たのである。

これに気づいたのは伊之助だった。夜更けの街に、夜なきうどん屋に変装して道場の傍に張り込んでいた彼の報告を聞いて、

「これは、いよいよ文之進の伯父が乗り出したに違いない」

と小西武四郎が言った。

文之進の伯父が、今まで救いの手を伸べなかったのは、自分の主家である福田家

と他藩の築井家との紛擾を考慮してのことだと推察していたのだが、文之進の伯父は、ようやく敵持ちの甥を迎え入れる用意をしたものに違いない。何しろ福田家の槍奉行と言えば大身の侍だし羽振りもよい。他国の福田家に逃げ込まれては、反対に侵入したこちら側が危くなる。

「文之進め、福田家に召抱えられるのではあるまいか？」

「そうかも知れぬ。天野平九郎の奴も文之進の伯父に、ひそかに頼まれ、彼を無事に福田家へ送り届ければ、きっとそれだけの褒美にありつくのだろう」

「とにかく福田家へ逃げ込まれてはいかん。一刻も猶予はならんぞ」

伊織一行も、その夜のうちに江戸を発ち、文之進を追った。

翌日は必死になって中仙道に敵を追った一行が、その夜は熊谷宿に泊り、次の日の早朝――あわただしく旅籠から出て来た伊織一行は、ほとんど同時に街道を隔てた向う側の旅籠から出て来た文之進、平九郎にバッタリ出会ったのだ。

たちまち、乱闘になった。

そのとき天野平九郎は、素早く文之進を後手にかばい、飛び掛る富田六郎を抜打ちに斬り倒し、出て来たばかりの旅籠へ逃げ込み、帳場から台所へ抜け、あわてて追討ちにかかるこちら側の刃を潜って、裏手を流れる小川へ、村井治助を突き斃した。

平九郎は、小鼻の傍に大きな黒子がある脂(あぶら)ッ濃(こ)い顔を、殺倒する武四郎や久馬に向けて、にやりと笑って見せた。

実戦に馴れ切った、その大胆で落着き払った駈引きの鮮かさに、こちら側は息を呑まれた形になり、文之進と平九郎が再び路地伝いに街道へ出て、通りかかった問屋場の馬を奪って逃げる隙を与えてしまったのである。

それは五ヵ月ほども前のことだ。

ようやく敵を、この峠の谷間にある、鄙びた山の湯宿に追い込み、仲間の伊之助を湯治の百姓に変装させて、見張りに置き、峠を甲州へ越えて、北国の伯父のところへ逃げ込もうとする文之進を待ち伏せている五人の侍達は——あの熊谷宿の朝、六尺近い体を敏捷(びんしょう)に働らかせ、あッと言う間に、富田、村井の両剣士を斃した天野平九郎の鋭い剣の捌きと、小鼻の黒子(ほくろ)を思い起し、内心、暗い不安と恐怖に包まれ、これをどうしても払い退けることが出来ないのだった。

四

山霧がはれると、密林に囲まれた峠にも、少しずつ朝の光りが漂ってきはじめた。

玉井伊織と伯父の惣兵衛は、山道から切れ込んだ林の中で、旅の荷物を入れた行李に黙念（もくねん）と腰をおろし、深い山の夜明けの寒さに冷え切った体を動かそうともしない。

樋口三右衛門と佐々木久馬は、〔黒雲峠〕と記された文字も、黒ずんだ木肌に吸い込まれそうな古びた道標の前に踞（うずく）まり、小西武四郎は、やや離れたところに腕を組んで立ち、敵の到着を知らせに登って来る仲間、伊之助の姿が、山道を蔽っている木立ちから現われるのを待っていた。

いや、待っていた、というよりも、武四郎は、むしろ伊之助の報告を聞くのが恐ろしいような気がする。彼が此処へ「やがて敵が登ってまいります」と知らせに来るときを一刻も遅く引き延したいような矛盾した気持が、影のように胸の中をよぎるのだ。

道場で鍛練し、五月の節句に行われる御前仕合の度びに見事な手練のほどを披露して「小西武四郎の一刀流は藩内随一だ」と評判をとった自分の剣術が、この春、天野平九郎の冴え切った剣の働きを眼のあたりに見てからというもの、実に頼りなげなものに思えてきて、武四郎は、木剣や竹刀で勝ちとった過去の試合での自信を取り戻そうと、心中、どれ位、自分と闘ったことか——しかし、一行の指揮者として、また国を出るときは「鳥居文之進ごときは俺一人で沢山」などと豪語した手前もあるし、顔にも口にも決して弱味を見せるわけにはいかないのである。

この峠へ着いてから、ほとんど口もきかず立ちつくしている小西武四郎の後姿を見て、樋口三右衛門が、そっと佐々木久馬に囁いた。

「大丈夫かな?」

「何がです?」

「小西殿は平九郎に勝てるかな?」

「と言われるのは、つまり、或々がでくのぼうだということなのですかッ」

久馬は昂奮(こうふん)して言った。

「おい、大きな声を出すな。そういうわけじゃないが、小西殿が平九郎さえやっつけてくれれば、我々で文之進を押し包み、一気に首をあげることが出来るからな」

「小西殿の一刀流は……」

「そりゃわかっておる。しかし、あのとき、熊谷宿のときの平九郎の働き——おぬしだって知っている筈ではないか」

「だからどうだと言うのです。とにかく、私達は文之進の首をとらぬ限り、国へ帰れぬのですから——なあに、天野平九郎だって鬼じゃあるまい」

久馬は胸を張って強がりを言い、闘志を燃やそうと試み、立上って手槍の柄袋(つかぶくろ)をはねて、しごきはじめた。

国を出るときに隠居したばかりの父親が、

「玉井平太夫敵討ちの助太刀などは馬鹿々々しいことだが、しかしな、久馬。殿様のお声がかりとあっては、どうも仕方がないことだ。この上は、見事に働いて手柄をたててこい。そうすれば殿様のお目にもとまり、行末の出世の糸口も開けようというものだからな。しかし、死んでくれるなよ。生きて帰って来てくれよ」

そう言って、心配そうに励ましてくれたときも、文之進一人ならと、

「たった一人の敵を討つのに七人も出かけて行くことはないのですよ。まア、私の槍がどれほどのものか、たのしみにしていて下さい」

昂然と言い放ったものだったが――熊谷宿で突き込んだ自分の手槍を燕のようにかいくぐって斬りつけて来た平九郎の凄まじい剣が鼻先を掠(かす)めたときの恐怖は忘れることが出来ない。

あのとき横合いから、村井治助が飛び込んでくれなければ、どうなったか知れたものではない。現に村井は二、三合したかと思うと頭を割りつけられて殺されてしまったではないか。

青ざめて、惰性的に槍をしごいている久馬を横眼で見やり樋口三右衛門は、そっと懐ろに手を忍ばせ、肌身につけている小さな銀の簪を握りしめてみた。

「これを、わたくしだと思って――」

と、出発の前夜、新妻が紅(もみ)の布に包んでよこした簪なのである。

あの夜――泣き咽(むせ)びながら、自分の愛撫に応えた妻の長い眉や、円い肩を、三右

衛門は昨日のことのように覚えている。

(俺は帰る。首尾よく、この役目を果し、きっと帰るぞ)三右衛門は心に叫んだ。すると、急に恐怖が消えて闘志を掻き立てられるような気がしたが——すぐに天野平九郎の白く光る眼が、彼の背筋を寒くした。

何処かで、鋭く野鳥が鳴いた。

陽は、あたりの山肌に遮切られて射し込んで来ないが、深い木立ちを通して、谷を隔てた彼方の紅葉した山肌が見えるようになってきた。

樹々の上を風が渡って行った。

「ううう。寒いの、山の朝は——冷え切ってしまった」

三右衛門は沈黙に耐えられなくなり、久馬に声をかけてみた。久馬は槍をしごく手をとめ、林の中を指して、

「かんじんの伊織殿が、あのように消気込んでいるのはどうしたことです。一体、我々は誰の為に助太刀をするのだ」

と忿懣をぶちまけた。

「全くだ」

三右衛門はすぐに合槌を打ち、

「いいかげん気が抜けるな」

「斬合うのが怖いのですな――きっと」

「しかし、伊織殿は、かなりやる筈だぞ。能谷宿でも文之進とは大分やったではないか」

「当り前です。富田も村井も斬死しているのだ。引っ込んでいるわけにはまいらぬ。しかし、わけがわかりませんな。私達が力を尽して、やっと此処まで敵を追詰めてやったのに、あの仏頂面はどうです。叔父御の惣兵衛殿が臆病で役に立たぬのは、わかっているが……」

「よし。言ってやるか。或々は一体、誰の為に、妻子と別れ、苦しい旅を足かけ二年も続けて来たのだと伊織殿に言ってやろう」

「全くです。晴れの日を迎えて、あんなにしょんぼりしていられてはやり切れん」

若い久馬は息まいて、本当に足を踏み出しかけた。

「まア、待て」

何時の間にか小西武四郎が傍へ戻って来ていて、久馬の袖を引いて止め、思慮深いところを見せようと、内心の不安を精一杯に押えつけながら、

「いいか。首尾よく敵の首を持って国へ帰れば、殿様は大よろこびだ。伊織、出かした、よくぞ父の敵を討った。賞めとらす、か何かで、たちまち亡父平太夫の跡を継ぎ奥用人に取立てられるに決まっておる——な。奥用人といえば、日がな一日、殿様のお傍で、ぺらぺらとおしゃべりするのがまア一つの役目だ。となると、下手なことを言って、あいつに恨まれてはあとがまずい」

「成程——」

と三右衛門が苦笑をした。

「まア、立派に助太刀してやることさ。ともかく我々は殿様の命によって助太刀に来ているのだ。よいかッ、敵の、文之進の首をとらぬ限り、我々は妻や子の待つ我家へは帰れないのだぞ。したくもない助太刀をするのも侍に生れた宿命というものだ——敵討ちなどというものは永引いたら切りがないからな。今度こそ——今度こそ逃がしてはならぬ」

悲痛に言い捨てると、武四郎は、もどかし気に両足で地面を踏みならし、

「伊之助の奴、何をぐずぐず――」

舌打ちして、山道を林の中へ駈け込んで行った。

五

「伊之助の奴、まさか敵に見つかったのではあるまいな」

玉井惣兵衛は、甥の伊織に、ぼそっと話しかけたが、伊織は答えなかった。荷物の上に腰かけ、一点を見入ったままだ。足かけ二年の旅に老け込んだ横顔が、密林の薄明に白く浮んでいる。

風が鳴ると、林の中は落葉のひそやかな囁きで満たされる。

惣兵衛は、白い眼でチラリと甥を睨み、また頭を抱えて黙り込んでしまった。

惣兵衛は、国へ残して来た妾の、しっとりと湿っていて、なめらかな若い肌の感触、その記憶の糸を執拗に懸命にたぐりはじめる。

惣兵衛は、天野平九郎の圧倒的な剣の力を思い、たとえ二対五の争闘でも勝利を得るのは難かしいと考え、自分はもう、あの柔らかくて重味のある、甘い匂いのするおみちの体を再び抱くことが出来なくなるではないかと気が滅入った。

谷間の湯宿に敵の動静をうかがっている仲間の伊之助が、駈けつけて来るのも間もないことだろう。

斬り合いが始まったとき、俺は、この体を、どういうふうに持ち扱ったらいいのか――それを考えると、惣兵衛は心臓が皮膚を突き破って飛び出すような気がした。手も足も、わなわなと震えているのである。

「伊織――伊織――」

と惣兵衛は、また沈黙に耐え切れなくなり声をかけた。

「頼むぞ。し、しっかりやってくれ。今日こそ――な、今日こそだ。いいな――」

伊織は、近寄って手を差し伸べ肩でも叩こうとしたらしい叔父を疎ましげに見て、ふいと立上り、

「私は――私は、文之進を討つ気にはなれない」

と呟やいた。

「これッ。馬鹿を申すな」

「私には、文之進が、お家の為を思い、父上を討った気持がよくわかる」

「黙らんか、伊織――」

　叱りつける惣兵衛に、伊織は、一層昂ぶってきたものを押え切れず、

「父は、自分の出世の為には、どんなことでもしました。賄賂を使い世辞を振りまき、妹の――妹の千代までも殿様に差し出したではありませんか。可哀想に、妹のやつ、人身御供になったようなものです」

「今更、何をつまらんことを――」

　叔父の威厳を見せようと努めながら惣兵衛は、ふっと、伊織もまた、国へ残して来た妻子や老母のことを思い浮べているに違いないと感傷的な共感を覚えて、この甥をいじらしいと見たのである。

　伊織は、なおも吐き捨てるように、

「あの世間知らずの殿様が、酒や女に溺れ、父上の言うままにあやつられて、国も家来も忘れ――」

「もうよいよい」

「たかだか五万石の我藩で、殿様が、あのような贅沢三昧されるようになっては、民百姓がたまらぬ。それも元はと言えば、父が……」

「叱ッ。久馬が峠の道から、こちらを見ておるぞ。聞えてはいかん」

その佐々木久馬の姿が、切迫(せっぱく)したものを含んで樹の蔭に隠れた。何か叫ぶ三右衛門の声がした。

久馬は再び姿を現わし、林の中へ怒鳴った。

「伊織殿ッ。伊之助が戻って来ましたぞッ」

六

伊織と惣兵衛が峠の道へ出てみると、仲間の伊之助が、小西武四郎から竹の水筒をもらって、猟犬のように舌を出し、荒々しい呼吸で、むさぼるように口をつけるところだった。

「静かに飲めよ」

と、武四郎が注意を与える。

伊之助の体からは、鼻をつくような汗の匂いが発散していた。

五人の侍は、水を飲み終る伊之助の顔を、不安と恐怖に包まれながら見守った。

敵(かたき)に逃げられることも困るが、——附人(つけびと)の天野平九郎に出会うのもたまらない気持がした。

そして尚、望郷の念には灼(や)けつくような乾きを覚えていた。

伊之助だけが単純に、今日の闘いの勝利を信じていた。

「情深い旦那様の敵、文之進が生きていられる筈はねえ。神様も仏様も、伊織様の背中に、ぴったりくっついておいでなさるのだ」

汗と山霧に、体も着物もびっしょり濡らし、眼を血走らせ、喘ぎながら山道を急いで来た彼は竹筒の水を飲みほすまでは口もきけなかった。

伊之助が竹筒を置くや否や、苛(い)ら苛らと見守っていた侍達は、口々に浴びせかけた。

「か、敵は来るかッ」

「様子は？　様子はッ？」

「きさま。遅いではないかッ」

「何だ。息を切らせておって——しっかりせい。貴様の主人の敵を討つのだぞッ」

怒鳴りつける久馬を武四郎は押え、

「ま、よい——伊之助、敵は——平九郎は確かに来るのだな?」

「まいります。やがて、これへ——」

伊之助は、顔中に血をのぼらせ、

「小西様。お指図通り、昨日の夕方、この谷間の宿にそっと泊り込み、敵の泊っている部屋を突きとめましてございます」

「フムフム。で、昨夜の様子は?」

「はい。私、夜が更けてから、敵の部屋の縁の下へ忍び込みまして——」

「こいつ、存外、肝の太い奴だ」

伊之助は誇らし気に、三人の侍を見廻してから「気づかれなかったろうな?」と問いかける三右衛門に、しっかりと答えた。

「へ——大丈夫でございます」

「それで?——それで?」

「はい。すると、その——夜中でございます。夜中に——」

「夜中にどうしたのだッ?」

「はい。その天野平九郎めが、夜中に腹痛を起しまして、大変な苦しみ方で……」

侍達は電光のような視線を交し合った。

小西武四郎が努めて冷静に、

「貴様、縁の下で聞いたのだな――」

「へいッ。腸が捻じくれるようだと、苦しがっておりました」

一寸した沈黙の後に、

「下痢でも、起しおったのかな」

と言った樋口三右衛門の声は異常な昂奮にふるえていた。

小西武四郎は眼を輝かせ、

「ふむ――それで伊之助。きゃつらは、病気を押してまでも出発したいと言うのか？」

「へいッ。この峠への道へかかるのをハッキリ見届けてから、私は大急ぎで――ま、間違いはございません」

身を乗り出した武四郎の喉がゴクリと鳴った。

「そして――そして、今日の平九郎の様子は、どうであった？」

「それが、何分近くへ寄れませぬもので——平九郎めは杖をつき、顔をしかめていたようでござります」

「何、杖をついておったと——」

山の尾根を抜けた秋の陽が、樹々の間を縫って縞をつくり、峠の上へも射し込んできた。

「病気を押してまでも出発したのは、追われる者の苦しさだなア」

と叫んだ小西武四郎の声には、甦（よみがえ）ったような明るさがある。

武四郎ばかりではない、侍達は、濃霧を突き破って青空の山の頂天に躍り出たように生色に溢れ、活気に満ちてきた。樋口三右衛門は手を打ち、思わず洩らした。

「平九郎が病気とはしめたな」

「全くだ。出来ることなら病気が癒（い）えてから立合ってやりたいが、そうもいかぬしなア」

小西武四郎が久しぶりに微笑を浮べる。

天野平九郎が、腸がよじれるほどの痛みを押して、しかも一里余りの嶮しい山道を登って来るその疲労は、必ず、彼の剣の力をにぶらせてしまうだろう。

（おみちよ。どうやら、お前の許へ帰れそうだぞ）

と、惣兵衛の唇元がニヤリとほころびたのも無理はなかった。

伊織だけが黙って、憂わし気に眉をしかめている。

（文之進が気の毒だ。頼みにする天野が病気では、あいつ、今日、この峠で死ぬことになる。我藩の行末を思い、父を斬ったあいつを私は少しも恨んではいない。皮肉なことだ。皮肉な――）

「平九郎が病気とは、しめたしめた」

「しかし、何だか物足りませんなア」

などと喜色を隠そうともしない三右衛門や久馬に、武四郎は、

「平九郎は、わし一人で引受ける。おぬし達は伊織殿を助け一時も早く文之進を――よいな」

急に強くなった武四郎へ、久馬が、

「しかるのちに、そちらへ御助勢を……」

「いらんいらん。わし一人で充分だ」

と武四郎は両手をひろげて、深く息を吸い込み、

「いよいよ、今日か――」

武四郎にも、十歳と八歳になる男の子がいる。

（育ち盛りだ。大きくなったろうなア）

と、彼は、余裕たっぷりに刀の下緒を外し、

「伊織殿。お仕度お仕度」

「心得た。さ、伊織――」

惣兵衛は、甥を押しやるように林の中へ連れ込み、伊之助と共に、荷物をほどいて、鉢巻や襷を出し、伊織の身仕度を手伝いにかかった。

この敵討ちが済めば、伊織が父の跡を襲い、奥用人になる。そうなれば自分も――と、惣兵衛は、むしろまめまめしく、何かと世話をやいた。

伊之助は、すぐに小西武四郎に呼ばれ、少し離れた崖の上まで見張りに出ることになった。

「若旦那様――首尾よく……」

と、うるんだ瞳に万感をこめていう伊之助に、

「心配するな」

優しく言って、伊織は大刀を抜き放ち、しいんと、その青白い刀身に見入っていたが、やがてしっかりと言った。

「母や妻、子の為、私は討つ。文之進を討つ」

伊之助は崖の上まで引返して行き、五人の侍は、山道沿いの楢（なら）の大木のうしろに立ち、闘いの時の近づくのを闘志に燃えて待ち構えた。

ただ玉井惣兵衛だけが、のちのちの笑い草になるまい、その為には、どうしてうまく、この闘いの中で要領（ようりょう）よく刀も抜き、身の安全を計ったらよいかと悩んでいた。

そういう惣兵衛を、武四郎も三右衛門も久馬も軽蔑の眼で露骨に眺めやっては、惣兵衛を、いよいよ困惑（こんわく）させた。

七

見晴しの利かない峠から二町ほど降り、山道から外れた崖の上に立つと、やや展望がきくし、その下の小さな草原をうねっている山道がのぞまれる。

伊之助は、この崖に伏せて、山道へ一生懸命に眼を凝らしていた。

どの位、時がたっていったろうか——。

次第に輝きを増す陽射しを浴びて、草原に白っぽく浮かんでいる山道へ人影が現われる気配もなく、張り詰め切った胸が、苛ら立たしく騒ぎはじめたとき、伊之助は背後に、

「おい」

と、低く呼びかける声を聞いた。

ハッとして振り向くとたんに、首筋のあたりを激しく杖で撲られ、眼の中が黄色くなった。声も立てず彼は転倒（てんとう）した。

動転（どうてん）して起き上ったときには、伊之助の肩と口は、がっしりした腕と掌に押えられ、眼の前に編笠をかぶったままの鳥居文之進を見出して、伊之助は、

「か、敵ッ」

叫んだつもりだが声にはならない。彼の口を押えて抱きすくめて身動きもさせな

いもう一人の侍は、これも編笠をかぶったまま、

「こいつだな？」

と文之進に聞いた。

文之進は笠をとり、瘦身だが、引き締った体をそろりと動かせ、

「平九郎殿、あまり手荒にするな」

と言う。

「これ、下郎ッ。昨夜は縁の下で何をしておった？　冷えて寒かったろう？　うむ？──」

天野平九郎には、少しも腹痛の様子はなく、不気味に落ちつき払っている。伊之助は、恐怖で体中が竦（すく）み、動き出す気力も出なくなった。

「貴様、くさめをしたな？　うむ？──おい、下郎。わしがわざと声を高くして、貴様の耳に聞かせてやったことを、ちゃんと知らせてやったか？　腹が痛い腹が痛い、腸（はらわた）が捻じくれるように苦しがっていたと知らせたか？」

何も彼も悟られていたのだ。一刻も早く、伊織様や助太刀の方々に知らせなくてはと、伊之助は夢中になり、口をふさいだ平九郎の掌をもぎり放し、

「ち、畜生ッ」

逃げ出しかけた彼は、杖に撲りつけられた。思わずあげた悲鳴は、再び平九郎の掌に押えられ、同時に伊之助は頬のあたりに鮮烈な痛みを覚えて目が眩んだ。

平九郎が小柄を引抜いて斬ったのだ。

「俺達はな、この山道を登ると見せ、途中から林の中へ切れ込み、そっと貴様の後をつけて来たのだ。馬鹿め」

そして、平九郎は文之進に、

「さて、どうする？」

「やろうではないか」

「うむ。おぬしがその気なら、俺に異存はない」

文之進は、温く、

「伊織は元気か？」

と伊之助に聞いた。

むろん、伊之助の返事はない。

文之進は、むしろ元気に笑ってみせ、平九郎に、

「敵持は厭なものだ。たとえ伯父のところへ逃げ込んだとしても、枕を高くして眠れぬからな。かの石井兄弟は、二十九年間も敵をつけ狙ったそうだ」

伊之助は、口惜しさと焦り(あせ)で、恐怖も忘れる位だった。

熊谷宿から逃げた敵二人は、わざと道を東海道にとり、途中から、切れ込んで山越しに甲州へ抜けるつもりらしい。

全力をこめてもがく伊之助の顔から喉にかけ、頬から流れる血が滴り落ちて来た。

平九郎は、

「動くな、馬鹿」

と叱りつけ、

「文之進。おぬしも小心なところがあるな。つけ狙われるが、そんなに厭か？」

文之進は低く笑った。

「この気持は追われる者の身にならぬとわからん――馬鹿なことをしたものだ。平太夫を殺せば、殿様も家来共も目がさめると思ったのだが、一人として俺のあとに続くものがいないらしい」

文之進の押えていた激情がむき出しになった。

「くそッ。蔭では平太夫や殿様の悪口を言っていた奴らも、俺一人を――俺一人を悪人にして……」

「世の中とはそうしたものさ。おぬしは正直すぎるんだな」

「そうかも知れん」

「では、返り討ちといくか」

「思い切って、さっぱりしたい」

文之進が襷をかけ、鉢巻をしめる間、天野平九郎は、冷めたい、殺気に満ちた眼を、ぴたりと伊之助につけていた。

その眼の光りには、実際に何人もの人間と闘い、それを殺して来た者だけが持っているものだった。

伊之助は、昨夜から一度も思い出さなかった恋女房のお仲の顔を、このとき、わけもなく、ただもう母親の乳房に縋りつく赤ン坊のような切なさで脳裡に追い求めた。

一度去った恐怖は二倍も三倍もの激しさで彼を押し包み、押し流した。

天野平九郎が伊之助を蹴倒し、大刀を引抜き、

「下郎。奴らは何処で俺達を待受けているんだ。言え——言わねば殺す」

じりじりと迫って来たときには、もう口も利けず、ガタガタと震える体中の血が(死にたくない、死にたくない)と伊之助に訴えていた。

「誰か、登って来るぞ」

と崖の上から文之進が言った。

「よく見ろ。どんな奴だ?」

「旅商人らしい」

「ふむ……」

平九郎は、一寸考え込むふうだったが、やがて、

「文之進。福田家へ行ったら、俺のことを頼むぞ。約束は忘れるなよ」

「伯父は福田家でも羽振り(はぶ)りがよい。安心してくれ。必ず俺と一緒に取立ててくれる。おぬしを附人に頼めと手紙で言って来たのも、伯父は、その腹があるからだ。

福田家にしてもおぬしほどの腕前を持つ侍を手に入れれば損はないというものだ」

「俺も親父の代からの浪人暮しだからな。ははは……浪人がごろごろしている今の世の中で、人並な侍になるのも悪くないからな。福田家は五十万石の大大名。田舎大名の築井土岐守など、今日の返り討に地団太踏(じだんだ)んで口惜しがっても手は出まい」

「あの、登って来る旅商人をどうする？」

「あわてるな——俺に考えがある」

と、平九郎は伊之助へ向き直り、

「こらッ。命が惜しければ言うことをきけ」

突然、抜打ちに伊之助の腕を、浅く斬った。

八

伊織一行が、峠へ登って来た旅商人の口から、伊之助が崖から落ち、大怪我をして倒れているという知らせを受けたのは、それから間もなくのことだ。

動けない伊之助を敵に見つけられてはまずいし、峠の両側の林から突如躍り出て文之進と平九郎を一挙に仕止めてしまおうという、こちら側の作戦が滅茶々々になる。

佐々木久馬と樋口三右衛門が、中年の旅商人を案内にしてすぐに現場へ急行したときには、伊之助の姿は何処にも見えなかった。

「確かに、此処に倒れておいでなすったんでございますがね」

と旅商人は首を振り振り、

「私が登ってまいりますと、血だらけになって、そりゃもう、顔の色が紙みたいになっておりましたから、動ける筈はございません」

「確かに崖から落ちた、と申したのか？」

「へ、へえ――伊之助が崖から落ちた――だから、峠の上の五人連れのお武家様に知らせてくれ、そう申されましてね」

旅商人も鉢巻、襷の侍達を見て、只ならない様子だと感じてはいたが、しっかりした男らしく、あたりを見廻して、

「もうし――もうし、旅の人――伊之助さアん……」

などと呼びはじめた。

久馬と三右衛門も口々に名を呼んでみたが返事はない。

静かな秋の陽に包まれた山と、野鳥の声と、風の音だけなのである。

二人の侍は不安な眼を向け合い、互いの眼の中に事態を探り合った。

其処は、片方が崖になり杉の木立の斜面が、下の草原と森に落ち込んでいて、片方は杉林の斜面が上へ登っている。

樋口三右衛門が頬の肉をピクピクさせ、

「敵に見つけられたのではないかな?」

「まさか」

と久馬は、

「おい町人。間違いなく、この道に倒れていたのだな?」

「へえ——そりゃ、もう……」

怪我人の救助に一役買って出るつもりで、行きずりの気易さから気軽に立廻っていた旅商人も、ようやく切迫したものを感じ出し、山道を少しずつ後退して行きはじめた。

舌打ちした三右衛門が、

「伊之助──おい、伊之助。返事をせい」

声をかけながら小暗い林の斜面を登りかけた、そのときである。

凄まじい悲鳴をあげて、彼は山道へ転がり落ちて来た。

反射的に振り向いた久馬は、血を浴びて、何か喚いている三右衛門と、その三右衛門の後から、獣のように自分へ殺到して来る天野平九郎を見た。

九

樹蔭(こかげ)に隠れていた天野平九郎が久馬と三右衛門を斬殺し、鳥居文之進と共に、抜身を提げたまま、ゆっくりと山道を登りかけたとき、小西武四郎は、玉井伊織と玉井惣兵衛と共に山道の曲り角に姿を現わし、ぎょっとなった。

伊織達は、敵の背後に倒れている久馬と三右衛門の死体をハッキリと見出した。

討つ者と討たれる者は、十間ほどの距離をおいて睨み合った。

崖の下から茶色の野兎が首を出し、矢のように山道を横切って林の中へ飛び込んで行った。

武四郎も伊織も、眼球がむき出しになり、声もたてずに刀を抜放ち、やや遅れて、二人の蔭に隠れるように首をすくめた惣兵衛が、わなわなと抜き合せた。

惣兵衛は、口中が砂だらけになったようで、喉が痛くなり両膝が、ガクガクして、体がふわふわと宙に浮かんでいるように思え、二人の敵が自分の眼の、すぐ前に立ちはだかっているように感じた。

突然、天野平九郎が動き出し、低く、文之進に何か言った。

文之進はうなずき、ひたと伊織を見入り、刀を額につけるように構え直し、平九郎と共に、じりじりと迫って来た。平九郎の肩に少し血が惨み出している。久馬は久馬なりに闘い抜いたのだろう。

伊織も武四郎も、一歩二歩と下って行く。

しかし惣兵衛の足は動こうともしない。

山の大気を割って響いた気合いと共に、四人の体と刀身が、狭い山道にからみ合ったとき、惣兵衛は本能的に身を返して逃げた。彼の眼は山道を正確に踏むこと

も出来ず、

「あぁッ」

崖から足を踏み外すと同時に、すーっと意識を失っていった。

どれ位経ったろうか……。

惣兵衛は意識を取り戻しきょろきょろとあたりを見廻した。

崖上の山道は樹に遮切(さえぎ)られて見えないが、それ程遠くはないらしい。

彼の体は斜面の途中にある黒松の大木に支えられていた。

何も聞えなかった。

もう何も彼も済んでしまったのだろうか。

二対二の闘いでは、いくら平九郎が病気でも危いものだ。三右衛門も久馬も、敵に見つけられて殺されてしまった。——惣兵衛は泣きたくなった。

「どうする？——え、どうする？」

と、彼は呟やいてみたが、何の考えも浮ばなかった。

抜いた刀も何処へ飛んだのか、襷、鉢巻の惣兵衛は素手のまま、やっと立ち上った。右腕の附根と腰に激しい痛みがあり、彼は呻いた。

永い時間をかけて、やっと惣兵衛が山道へ這い上ってみると、誰も居なかった。崖へ落ち込むときに振り飛ばしたらしい自分の刀が三間ほど先に落ちているだけだった。

やや下ったところに久馬と三右衛門の死体が見え、そっと近寄って見ると、二つに斬り折られた久馬の槍もあった。久馬の首の附根から胸にかけて黒い血が溢れていた。

「どうする？——どうする？」

また惣兵衛は呟やいた。彼の眼には何とも知れない涙が溢れているのだ。

その少し先に、山道はまた曲って消えている。

少しずつ、惣兵衛は下って行った。その行先に闘いが行われているのか、それとも自分は逃げようとしているのか、それさえも考えずに……。

「伊織殿ッ——伊織……」

小西武四郎の声だ。山道の下からである。

惣兵衛はぴくんと小さく飛び上った。

続いて、人間の声とは思われぬ叫びが起り、刃の噛み合う音を惣兵衛は聞いた。

惣兵衛は、再び崖下の斜面へ下り、山道の下を身を屈めて動きながら、あきらかに、闘いの最中にある人々の激しい呼吸を頭上に聞いた。彼は、何度も躊躇した後に、ようやく首を伸ばして山道を見やった。

二組の決闘は、まだ続いていた。

すぐ目の前に、肌脱ぎ(はだぬ)の白装束を真っ赤にして、のめりそうに刀を構えている甥の伊織の後姿があり、その向うに、敵の鳥居文之進が、よろめくように刀を振りかぶったところだった。

文之進の顔は頭から流れる血で、その形も色もわからないほどである。

山道から逸れ(そ)た森林の斜面では、小西武四郎と天野平九郎が対決していた。武四郎の襷は斬り外され、衣服は血に染んで引裂かれている。

平九郎はぴたりと刀をつけて、まだ余裕の残っている声で、

「文之進、もうすぐだッ。辛抱せぃよ」

と言った。

惣兵衛は、あわてて首をすくめ、斜面を少し擦り落ちた。

（どうする？――どうする？――）

掠れたような気合いが起った。伊織らしい。

「伊織――伊織……」

ひりつくような喉の乾きも忘れて、さすがに惣兵衛は居たたまれず、小刀を引き抜いてみたが、どうにもならなかった。

そのとき、涙の膜に蔽われた彼の眼に、ぼんやりと、斜面の樹蔭（こかげ）から現われた人影が映った。

猟師である。陽に灼けた丸い顔の、中年だが童顔の、猟銃を背負ったその男が、崖の上の気合いと刃の音を聞き、繁みに蹲まっている惣兵衛には気附かず、好奇心に駈られて、そろそろと登って来たとき、惣兵衛は、抜いた小刀を振りかざし、気狂いのように猟師へ飛びかかって行った。

十

喘ぐ呼吸と、全身を振りしぼるような気合いが交じり、小西武四郎に一撃を加えた天野平九郎は、武四郎が斜面の杉の根元に倒れて動かなくなるを見て、

「文之進、今行くぞッ」

声をかけて腰を落し、斜面の土に足をすべらせないように駈け降りて来ると、山道に現われた。

伊織も文之進も一間ほど離れて睨み合ったままだったのが、このとき、ふらッと寄り合い、互いに刀を振った。

二人は、共に相手の一撃を受け、呻いた。

「くそッ」

平九郎が刀をかざして駈け寄ろうとしたとき、人間の血と汗と脂に、重くたれこもったあたりの空気が、

ばあーん……と揺れ動いた。

平九郎が刀を振り飛ばし、頭を押えて、ぐらッとよろめき、ほとんどのめり落ち

そうに山道から崖に半身を乗り出して倒れた。

玉井惣兵衛が、山道の上の方から、ぼんやりと現われたときには、四人の侍は、みな死んでいた。

惣兵衛が必死に小刀を突きつけて「あの侍を撃たねば貴様を殺すぞ」と威した猟師は、恐怖のあまり、仕方なく、惣兵衛に腕を摑まれたまま、崖の下から、決闘の場処よりやや離れた山道へ這い登り、森林を廻って、斬り合う四人の上から火縄に火を点じ、言われるままに、鳥井文之進を狙った。

平九郎よりも文之進を狙わせた惣兵衛は、ただもう甥の伊織の危急だけしか頭になかったのである。

猟師はしかし、引金をひくとたんに狙いを外した。獣と人間の区別を、この男はわきまえていたらしい。だから、弾丸は文之進を外れたかわりに、突然、山道を駈け寄って来た天野平九郎に命中したのである。

惣兵術は、黙って甥の体を抱き起した。

伊織も文之進も不思議なほどに安らかな死顔だった。

最後に打ち合った一撃が、この若い二人の余力を奪ったのだ。

伊織は胸に、文之進は腹に相討ちの刃を受け合っている。

惣兵衛は汗と埃にまみれ、自分の全身が地の中へのめり込みそうに重く思えた。

伊織の体を抱いたまま、彼は妾のおみちのことも殿様のことも、子供のことも、頭に浮んではこなかった。ただ、体が重く、指一本動かすのも厭なほどの疲労だけを感じていた。

谷間の向うの山肌（やまはだ）が、澄み切った青い空の中で、夢のように秋の陽を浴びている。

崖から山道にかけて、芒（すすき）が白く風に揺れていた。

やがて、山道を駆け下った旅商人の知らせで、谷間の湯宿に休憩していた番所の役人が二人、足軽達を連れて現場へ登って来た。旅商人も、谷間に居た木樵達も、数人、後からついて来た。

役人は二人共軽衫袴（かるさんばかま）に大小を差し、朴訥（ぼくとつ）そうな中年の武士だったが、

「この体は何事です？」

と惣兵衛に言った。

ふっと、惣兵衛は、放心からさめた。

木樵や炭焼きが遠く離れて、山道へ重なり合い、恐ろしそうに血まみれの死体に見入っては、囁き合っている。

「われらは峠の番所の者だが、この体は何事でござる」

もう一人の役人が怒鳴るように、また言った。

惣兵衛は、かすかに震える手で伊織の懐ろを探り、この敵討ちが幕府へ届け済みのものだということを記した藩主からの書付けを引出し、役人に差し出した。

役人達は、敵討ちの現場に立合ったということ、その扱いと処理をするという刺激だけで昂奮した。彼等は、生き残った惣兵衛に尊敬といたわりとを交え、口々に質問しはじめた。

惣兵術の顔も体も、擦りむいた傷や、こびりついた泥や、汗や脂で無惨なものに見えた。

惣兵衛は、途切れ途切れに、

「わ、わたくしは、築井土岐守家来、玉井惣兵衛と申します。こ、これなる者は、わたくしの甥、玉井伊織。只今――只今父の敵を討ちとりましたなれども……」

「相討ちとなられたか？」

「は、はッ」

役人達は感嘆の叫びをあげた。役人も木樵(きこり)達も一様に、惣兵衛を今日の英雄と見たのである。

「あなたも、大分働かれたと見えますな」

「御奮戦の有様が眼に浮ぶようでござる」

と、口々に役人は言った。

旅商人がしきりに木樵達へ説明しているらしく、急にざわめきが聞えはじめた。

惣兵衛は夢中になった。

「敵、鳥居文之進、及び、附人(つけびと)の天野平九郎、両人とも豪の者にて……」

と言ううちに、得体の知れぬ昂奮が胸に突き上げ、すらすらとしゃべった。

「両人とも豪の者。こなたは、みんな相果てましたが、わたくし、必死の勇気を奮い起し、只今、やっと、文之進を仕止めたところでござる」

「おうおう――」

「お見事だ。お見事でござる」

役人達は心から、この白髪の交じりかけた中年の武士の奮闘を信じ、賞嘆した。

惣兵衛は酔ったように喚いた。

「これなる伊織に、トドメをいたさせんと駈け寄り見れば、すでに伊織は絶命いたしてござる。残念――残念――残念でござる」

嘘とも本当ともわからぬ涙が、どッと溢れてきて、惣兵衛は、この敵討ちに自分が力の限り斬り合ったような錯覚に溺れ込んでいた。

「甥御殿は気の毒なことをいたしましたなア。しかし、あなたの御奮戦は、永く後世に残ることでしょう。お見事だ。お見事だ」

と、役人の一人が叫ぶと、山道にひしめき合った者達は一斉に惣兵衛へ感嘆のどよめきを送ってきた。

惣兵衛は涙をこすりこすり喚きつづけた。

「それがし奮戦の甲斐もなく――一目、敵の首を見せてやりとうござった。一目、伊織に――それがし奮戦の甲斐もなく残念でござる。それがし奮戦の甲斐もなく……」

伊之助の死体は――姿は、何処にも見当らなかった。

抜討ち半九郎

笠も揃えば、植え手も揃う。

娘田植の赤だすき、
女房よぶなら、太い嬶(かか)よびやれ。

二百十日の風除けに……。

田圃という田圃には、また田植歌が流れはじめた。

みどりの苗は、百姓達の両手に捌(さば)かれつつ、希望をこめて、大地に植えられて行く。

昼下りの初夏の陽射しは、燦々と、この山間の村に降りそそいでいた。

「坊さまよウ。あとは遠慮なく、湯でも飲んで、ゆっくりと休んで行きなさるがいいに――」

と、若い百姓の女房が、半九郎に声をかけて立上った。

「ほんによ。けども、もし、体の工合がいけねえようなら、おらの家へ泊ったらいいがな。なあ、とっつアま――」

若い良人の言葉に、その両親らしい老夫婦も、親切にうなずき、しきりにすすめてくれたが、半九郎は首を振り、淋しげな、そして落着いた微笑を痩せた頬に浮べ、

「勿体のうござる。この年老いた乞食坊主は、いま恵んで下された飯や汁で、勇気百倍いたしましてな、もう大丈夫でござるよ」

「そうか、それならいいけどもよ」

「はい、はい……」

「何だか知らねえが、お坊さまが探しておいでになる、その大切な探しものとやらが、早く見つかるといいがのウ」

「はい、はい……」

「では、お坊さま。お達者でなア」

口々に、なぐさめの言葉を半九郎にかけつつ、百姓一家は、田圃と田圃の間の、この高地の一角から降りて行った。

半九郎は合掌して見送り、其処の草原に片づけてある鍋や飯櫃の間から、土びんを取り上げ、ぬるい湯をもう一口、啜った。

昨日、上田領から山越しに松本の領内へ入り、昨夜は、この桐原村の少し上の、袴越山の山麓にある、辻堂の中で野宿した関根半九郎であった。

垢と埃にまみれた僧衣。破れかけた笠。粗末な、おそらく彼が手造りしたものらしい小さな厨子を肩に背負った半九郎の姿は、誰が見ても乞食坊主としか見えまい。

その通り、半九郎には、法名もなく、頼るべき寺院も無いのである。

一つ覚えの経文を唱えて受ける喜捨の銭に、ようやく飢をしのぎ、ものにつかれたような執念の炎を掻き立て、暗闇の旅路を探して歩いている。

その探しものに出会ったときこそ、

(俺は、もう、その場で息の根が止ってもいいのだ。だが、それまでは、どうしても死ねぬ。我ながら可笑しい奴だと思うが——どうしても、それまでは生きていたくなった)

半九郎は、今朝早く、辻堂を出て、丸二日、ろくに食べぬ体を、ふらりふらりと運んでいるうちに、此処まで来ると意地にも動けなくなり、田圃道の傍の高地へ這い上って、朝の陽に露が乾きはじめた草の上へ、ひとたまりもなく転げ込んだ。

体の中の血が、すーっと青い空に吸い込まれて行くような気がして、半九郎は意識を失っていった。

ふと、気がつくと、さっきの百姓一家が、昼飯どきに、この高地へ上って来て、半九郎に気がつき、介抱してくれていたのだ。

もてなされた雑炊(ぞうすい)は、二日も空けていた半九郎の腹には丁度よかった。久しぶりに彼の手足にも血がのぼってきた。昨夜は冷え込んだとみえて、肩の刀痕の痛みがたまらなかったのだが……それも、今は、汗ばむほどの初夏の陽光が、どうやら消してくれたようだ。

五月三十日、泣く子をほしや。

畦(あぜ)に腰しよかけ、乳ちよくれる……。

一家総出の、仲良く力を合せて労働の唄声を聞きながら、半九郎は、込み上げてくる激烈(げきれつ)な淋しさに耐えかね、思わず唇を噛んで嗚咽をこらえた。抜討ち半九郎と仲間達からも呼ばれ、殺人と強盗と、それから逃亡に明け暮れした彼の凄まじい半生のうちでも、今ほどの苦しみは味ってこなかったように思える。

ただ一人――この世の中でただ一人だという淋しさが、もはや昔の体力も気力も失った半九郎を、ときどき、のたうち廻らせるほどの恐ろしさで、体に、胸の底に噛みついてくるのであった。

「う、う、う……」

こらえかねて、半九郎は草原にうずくまり、厨子(ずし)を引寄せて両腕に抱いた。

その厨子の中には、十四年前のあのとき、半九郎と共に最後の仕事にとりかかり、意外な破綻(はたん)の下に地獄の道へ駈け込んで行った人々の名が、書き連ねてあるのだ。

その一

十四年前の、明和七年の秋も深くなってからのことだ。

北国に五十万石を領する稲毛藩（いなげはん）の城下町の、藩主の菩提寺である永徳院へ盗賊が押込み、金六千両を奪って逃走した。

住職の道観は、六十を越えた老僧だが、体格もすぐれ、肉の厚い脂ぎった顔を見てもわかるように、酒も女も欠かしたことがない。それでいて政治力も強く、藩主、岩見守昌輝（いわみのかみまさてる）の政事にも関与（かんよ）し、家老や重役達とも、それぞれに結びついているばかりでなく、城下の豪商達の間にも勢力がある。

商人達の利害と藩の政治との間に立って、適当に利欲を得ている道観だけに、この秋、門前町の失火から、寺内にも火が移り、本堂が焼け落ちたときも、藩主からはもとより、商人達の寄進も大きく、相当な金額が集ったのであった。

火災の最中に、風向きが変って庫裡（くり）や書院、土蔵などの類焼はまぬがれたが、焼け肥りは確実なところで、道観はホクホクものである。

藩の足軽の娘で、十八になるお世津（せつ）というのを妾にして、城下外れの清野村というところへ囲ってある道観だが、近頃では、もう妾宅通いの外に月に、数度はお世津を呼び寄せ、居間の奥深くへ閉じこめて、二日も三日も引止めておくようになっている。

本堂の焼け跡の整理も終り、間もなく再建の工事に取りかかろうという或日のことだ。

道観は、朝の勤行を済ませると、前日から呼び寄せておいたお世津と一緒に、奥の部屋へ閉じこもったきりであったが、……その日の夕暮れも近い頃になり、寺僧が、廊下の外から遠慮がちに声をかけた。

「禅師様(ぜんじさま)――あの、禅師様……」

「何じゃ?」

「只今、岡山の浪人、大沢治太夫(おおさわじだゆう)と申される方が見えましてござりまするが……」

「その浪人が何じゃと申す?」

「はい。その方の母御どの御回向(ごえこう)を賜りたしと、かようでござりまするが……」

「浪人者の回向など、殿様の菩提寺である当山が、いちいち出来るものかと申せ。

第一、藩庁へ届出がのうては、かなわぬことじゃ」

「はい。なれど、その方は、禅師様の御高徳を耳にいたし、ぜひにもと……」

「何、わしの噂さを聞いてとか……?」

「はい。それに回向料として金百両持参なされましてござります」

ものも言わずに、道観が居間の障子を開けて廊下へ出て来た。白綸子の衣服が、やや乱れ、光沢のよい坊主頭が、うっすらと汗ばんでいる。

その浪人が、風采の立派な、供の侍も下男も従えているということを聞き、寺僧の手が差出すふくさの中に、まぎれもなく百両の小包みを見た道観は、

「ともかく、書院へ通してみよ」

と、命じた。

道観は、居間から寝所へ戻り、若い妾に、

「すぐ戻るゆえ、温和しう待っておれよ。な……」

などと、甘ったるい囁きを残し、衣服を改め、厳然たる面持をつくり、悠然と書院へ出て、客を迎えた。

成程、寺僧の言う通り、大沢治太夫という浪人は、渋味のある、しかも贅沢な衣服に、がっしりとした体を包み、眼は鋭いが、礼儀も正しく、

「私は、岡山に永年住んでいた者でござるが、此度、越後長岡藩に召出されまして赴任の途中、同行の母が身罷りましたもので——突然、御無礼をもわきまえず参上いたしました」

と、語りはじめた。

年齢は四十前後。剣客としての技倆を長岡藩に三百石の高禄で買われたというだけあって、まことに立派な風貌、態度なのである。

門弟だという、これも中年の侍が、きちんと治太夫の後に控えていた。

「しばらくの間、岡山の親類に預けおき、長岡での私の暮しが落着いてから、呼び寄せようと言い聞かせましたところ……」

と、治太夫は指を眼に当てて、声をうるませ、

「何分、母一人、子一人のわれら母子。母が私と離れまするること。片時も出来ぬと申しまして……年老いた旅馴れぬ身を、無理にも押して……」

若狭の国へ入るころから、下痢を起しはじめ、それからどうにも止らず、一昨日

の夕方、この稲毛城下へ着いて旅籠へ入るとすぐに高熱を発して容態急変し、今朝、ついに亡くなったというのであった。

急ぎの旅先のことではあり、遺骸を運んで旅を続けることが出来ず、旅籠の主人の言葉で、道観禅師の高徳を知り、思い切って母の供養を頼んでみようと決意し、取るものも取り合えず駈けつけた次第だと、治太夫は落涙しつつ、

「母の遺骨を抱いて旅をつづけようとは、思いもよりませなんだ」

こらえ切れぬように両掌で顔を被った。

門弟の侍も、耐えかねたように嗚咽を洩らしはじめ、道観も、何となく引込まれて神妙な顔つきになり、治太夫の孝心を賞め、傷心を慰めたのである。

浪人と言っても先祖から譲り受けた多くの土地も山もあって、岡山には永く住みついており、治太夫の剣客としての隠れたる盛名は、岡山城主、池田侯の眼にも止って、今までにも再三、仕官するようにも招かれたのだが、岡山藩の気風が好ましくないので断わりつづけてきたのだと、治太夫は語った。

何よりも、自分の高徳を知って、これほどの武士が頼みに来たということが、み

ずから政治家をもって任じている道観の優越感を誘った。それに金百両の回向料は、理財に長じたこの老僧を、小くとも快ろよい気分にさせたことは、確かであった。

道観は、浪人大沢治太夫の孝心に応じてやることにしたのである。

本堂が焼けているので、通夜は書院で行われた。

道観の続経が始まるや否や、大沢治太夫は本性を現わし、盗賊関根半九郎に変った。

寝棺の中には母の遺骸どころか、髪の毛一筋も無い空っぽで、これを担ぎ込んできた者も、門弟だとか家来だとか言って通夜の席に神妙な顔を並べていた連中も、合せて十三名が、たちまちのうちに寺僧を引っくくって一室に閉じこめ、門を閉ざし、藩から警衛の為に派遣されている足軽達も斬殺された。

「坊主。血を見るが厭なら、鍵を早く出せ」

と、半九郎は道観に言った。別に凄みをきかせているわけではないが、人間の血の匂いに馴れ切っている不気味さが、その声にある。

「きっと、乱暴はせぬな？」

「鍵だ。土蔵の鍵を出せといっているのだ」

実に水際だった速さと大胆さである。

（道観ともあろうものが、何という不覚千万な——）

と、道観は苦笑し、また口惜しがったが、殺気に満ち満ちて事を急いでいる盗賊達の前には、不承不承、鍵を渡さざるを得ない。

盗賊達は魔物のように土蔵から千両箱を六つ、運び出した。金の他に財宝なども置いてある筈なのだが、首領の半九郎が、

「よし、それまで——」

と命じたところを見ると、かなり遠方まで逃げのびるつもりらしい。と道観は見てとった。

寝棺に詰めた千両箱六つは、三十七、八貫にもなるだろうが、これを盗賊達は裏の墓地伝いに運び出した。城下の南端にある高地の上のこの寺の下には、大倉川という川が流れている。

すでに、崖下に二艘(そう)の舟が待構えていて金箱入りの寝棺と盗賊達を積込み、逃亡した。

その後も約半刻ほど、首領の半九郎と四名ほどの手下が寺に残って、奉行所への盗難届出を押えた。

寺僧達は、いずれも土蔵の中へ押込められ、鍵をかけられてしまっている。

いざ引上げというときになり、盗賊の一人が寝間の押入れに隠れていたお世津を見つけ出して、

「ひゃア、こいつは見っけもんだ。生臭坊主め、こんな上玉を嘗(な)めていやがったのだな」

歓声をあげて、お世津の肌を引きむき、けだもののように飛かかった。これは泉の金兵衛という美濃の盗賊で、乾分(こぶん)五名と共に、半九郎の今度の仕事を手伝ったものである。

「引上げだ。そんなことをしている暇はないぞ」

半九郎は、すぐに気づいて寝間へ踏込み、金兵衛の肩を掴んで引戻した。道観の妾は気を失っているらしく、白い太股をさらして倒れたまま身動きもしない。

「いいじゃアねえか。野暮を言うねえ」

「引上げのときは外せねえ。取っ捕まってもいいのか」

半九郎は凄い眼を白く光らせ、先刻までの岡山浪人、大沢治太夫の神妙な口調とはガラリと変り、むしろ冷やかに言った。

金兵衛は大むくれになり、

「俺はすぐに後から追着くぜ。どうせ集る場所は飛弾の……」

「うるせえ。さ、早く来い」

「厭だ。俺ア、今までにこんな上玉にぶつかったことはねえ。一寸でも思いをとげねえうちは……」

俺も盗賊仲間では売れた男だ。今度の仕事では手助けをしても、半九郎の乾分ではないのだぞ、というところを見せて、金兵衛も狼のような歯をむき出し、また女に躍りかかろうとする。

「手前の為に、みんなが迷惑する。言うことを聞かねえなら、斬るぞ」

じりッと半九郎は、左足を踏出した。

「何だとッ。ふ、ふざけるなッ。俺も泉の……」

金兵衛だと見得を切るつもりだったが……。

薄暗い灯影を切って半九郎の手から刃が閃めき、金兵衛は絶叫をあげて転倒した。金兵衛が倒れかかる、その前に、半九郎の刀は、鞘に鍔鳴りをさせて吸込まれている。


「馬鹿奴――」

と、半九郎が陰惨な呟きを洩らしたときだ。

重く垂れ込めた夜気を震わせ、突如、境内の早鐘が鳴りはじめた。

「頭ッ……!!」

飛込んで来た浪人くずれの佐藤孫六という乾分が、さすがに上ずった声で、

「寺侍も坊主共も、みんな土蔵へ押込めてある。こんな筈はねえのだが……」

「よし。金は半刻近くも川を下っている。あとは俺達だけだ。構わず逃げろ」

半九郎は、ちらッとお世津を見たが、女は、蒲団の中に半分首を突込みピクリともしない。

すぐに盗賊達は戸外の暗闇へ吸い込まれてしまった。

早鐘を鳴らして急を告げたのは、他ならない土蔵へ閉じこめられていた寺僧である。

道観は隅に置けない禅師様であった。

土蔵の床下から地下を潜って庭へ脱けられる秘密の隧道をこしらえてあったのだ。

これは寺僧の中でも、道観腹心の限られた者の他には、このときまで全く知らなかったものだ。盗賊暮しを十数年もやっている関根半九郎も、これには、さすがに気がつかなかったのである。

いや、気がつかないと言えば、半九郎は、もっとひどい、もっと馬鹿馬鹿しい失敗をやっていたのであった。

隧道から庭へ、泥まみれになって現われた道観は、にやりと笑った。

（頓馬な泥棒さんじゃわい。お前方が攫(さら)っていった千両箱の中味は、みんな泥と石ばかりじゃ。本物の小判は、みんな床下の穴蔵に隠してあるのじゃ。このところ、殿様からの年貢(ねんぐ)のお取立が厳しいので、百姓共が不平不満を鳴らしはじめ、どうやらムシロ旗を押し立て、一揆(いっき)（暴動）でも起りそうな気配が見えたので、この寺へ

暴れ込まれたときの用心に、中味を入れ替えておいて、よかった、よかったのウ）
道観は胸のうちに勝ち誇ったが、しかし稲毛藩五十万石の黒幕だと自他共に許している自分が、もっともらしい半九郎の狂言に一杯喰わされたことを考えると、また激しい怒りが衝き上がってきて、あたりを右往左往する寺僧を怒鳴りつけた。
「何をしておる。一時も早く奉行所へ知らせよ。もっと早鐘をつけい。ええい、何をぐずぐず……奉行を呼べ、奉行を呼べい――うぬ。盗賊共め。今に見ておれ。一人残らず縛り首にしてくれるわ」

その二

半九郎は手下の三名を連れて、永徳院を飛出すと、まだ寝入り鼻の町民達が、寺の早鐘の音に気づき飛出して来るのを、突き退け蹴倒しつつ、門前町の通りをまっしぐらに駈抜けた。
永徳院は、城下の町外れにあり、東北の側に大倉川を隔てて越中の山々がのぞまれる。あと三方は城下町と、それを囲む平野がひろがり、その北西の彼方に日本海があるのだ。

半九郎は、この高地を降り、大倉川の上流へ出ると、其処の舟番所の定番人、足軽などを斬殺し、川を渡って越中側の山へ逃げ込んだと、見せかけたのである。

そうしておいて、川伝いの細道を再びもとへ戻り、永徳院の対岸まで引返して来た。

その頃には対岸の闇に、松明（たいまつ）の火、提灯の灯が乱れ、人馬のざわめきが起って、乱打（らんだ）する鐘の音が激しく聞える。

奉行所から繰り出した追跡の人数が、思った通りに越中方面へ向ったと確め、半九郎は尚も川の上流へ駈け続けた。

先に出発した舟の盗賊達と、半九郎達が合流したのは、翌日の未明である。

大倉川が、城下を二里ばかり上流へ離れると、川は二つに別れ、その支流（丸寝川）は、城下から五里ほど離れた扇潟（おおぎがた）という湖沼に流れ込んでいるが――彼等が落合ったのは、この湖に点在する漁村の村外れであった。

「よし。うまくいった。この湖を突切れば、飛弾への国境いまで、三里か四里だぞ。国境いを越えてしまえば、もうこっちのものだからな」

半九郎は仲間達と共に、用意してあった土民の服装に着替えながら、ホッとしたように言った。

あたりは、まだ薄明く、冬のような寒気に包まれている。

空には残月が白く浮んでいた。

ときどき、けたたましい水鳥の鳴き声が、あたりの静寂を破った。

「お頭は、今度の仕事を最後に、足を洗うとか聞いたが、本当なのか？」

葦(あし)の茂みに屈み込んで、これも衣類を替えながら、永井郷右衛門が言った。

郷右衛門も半九郎と同じ浪人くずれで、四年ほど前から仲間になった。奸智に長けていて、しかも、やることが惨忍(ざんにん)を極める男である。

去年の春——大和、郡山附近の庄屋の邸へ押込み、そこの若女房を強姦(ごうかん)しかけたとき、傍で泣き出した赤ン坊を「ええ。うるせえな」と、眼の色ひとつ変えずに締め殺そうとしたことがある。

郷右衛門の片手が無造作に、あッと言う間もなく、その幼児の命を奪いかけるの

を見たとき、

「永井ッ!!」

思わず顔色を変え、半九郎は刀の柄に手をかけたものだ。

「何だ？――お頭、俺を殺る気か――」

郷右衛門も半九郎の抜討ちの恐ろしさは何度も眼前に見てきているだけに、さッと青くなったが、そのときには素早く飛退って、逃げるに充分な間合いをつくり、

「仲間割れをお頭がするつもりか。それじゃァ示しがつかねえぜ」

と、嘲けった。

今までの仕事で、郷右衛門の働きは充分に半九郎を満足させていたし、盗賊同志の仲間割れが、どんな恐ろしい破滅をまねくかということは、半九郎もわかりすぎるほど経験している。

舌打ちをして、体から殺気を抜くと、

「お頭も、女が出来てから気が弱くなったな」

と、郷右衛門は薄笑いを浮べて見せたものだ。

「俺達は、女をつくらねえ方がいいのだ。きまった女が出来たら足手まといになる

ばかりで、泥沼を渡る足もとが危くなるからな」

と、半九郎も常々言っていただけに、

「足を洗ってどうするつもりなんだ。ふン。俺達の歩く道は一つ。その他の道はねえ筈だが……」

葦の茂みの中で言う郷右衛門の声が、半九郎の気を滅入らせた。

「足を洗って、何をするつもりなのだ？　え、お頭――」

「探しものをするのだ」

と、半九郎は呟くように言った。

「何を――ふーん、何を探すんですね？」

「小せえものだ」

「小せえもの？」

「何でもいい。早くしろ」

半九郎は、郷右衛門をせきたて、川から湖の岸辺へ引き入れた舟へ、千両箱を菰包みにして運び込んでいる乾分達の方へ近づいて行った。

みんな、仕度を終えたところらしいが、朝の光が、ほの白く漂いはじめた湖面を背にして、土民姿に変った盗賊達が、何か騒然と争っているようだ。

（フム。仕方がねえ――やるか!!）

半九郎は大刀を股引の腰にしめた帯に差し込み、振向いて、

「おい、永井」

「お頭。やるか？」

郷右衛門は事もなげに言い放って、これも大刀を腰に差した。

二人は、黙って岸辺へ近づいて行った。

「お頭ッ。うちの親分は、どうしたんだ？」

「さっきから、どうもおかしいと思っていたんだが、親分はお頭と一緒だった筈だぜ」

「どうしたんだ。言ってくんねえ」

「黙っていたんじゃわからねえ」

騒ぎたてているのは、半九郎が、さっき永徳院で斬殺した泉の金兵衛の乾分五人

であった。

今度の仕事は、馴れない土地へ足を伸ばし、しかも藩の菩提寺という格式を持つ永徳院へ押込み、獲物も大きいだけに、集った半九郎一味だけでは人数が、どうしても足らなかった。

この正月に、中国筋で一仕事して、数カ月、大阪や京都に散ってほとぼりを冷ましていた半九郎達は、四年ぶりに次の仕事にとりかかろうと、彦根の城下までやって来た。そのときに、北陸路に威勢を誇る稲毛城下の、永徳院本堂焼失の噂さを耳にしたのだ。

永徳院の道観禅師が稲毛家の政事にも関係していて、相当な勢力をもっているということは、彦根あたりにまでも聞えている。

本堂焼失となれば莫大な寄進の金が集るに違いない。警察制度がきびしい江戸へ戻って危い仕事をやるよりも、思い切って稲毛の城下へ乗込もうと、半九郎は決心した。

前に、郷右衛門が二度ばかり一緒に仕事をしたことがあるという泉の金兵衛を郷右衛門が美濃へ迎えに行き、越前の福井に人数を揃えたのは、七日ほど前のことであった。

「お頭。金兵衛はどうしたんです。奴等が、うるさく騒いでますぜ」

近寄って行く半九郎を迎えるように、赤池の伝次郎が囁いた。これは永年、一緒に仕事をしてきた経験豊かな盗賊であった。

「うむ。俺が話す」

と、半九郎は前へ出て、

「みんな、静かにしろ。今のところ追手はうまくまいたが、ぐずぐずしてはいられねえ。金箱は積んだか？」

半九郎の乾分達が一斉にうなずいた。

「よし。金兵衛さんの乾分衆、こっちへ寄ってくれ」

半九郎は手をあげて招き、ちらッと郷右衛門と眼配せを交した。

「親分は、一体どうなったんで……？」

「まさか、捕まったんじゃありますめえね？」

金兵衛の乾分達は粒よりだった。何よりも親分の金兵衛を中心にして、しっかり団結している様子が、その眼や声に切迫したものが現われているのでよくわかる。

(女好きの金兵衛も、乾分達を統率する力は、なかなかあったのだな。こいつらをやっつけるのは、一寸、可哀想だが……)

四十を越え、しかもお民という女と連れ添うようになってから、自分でも驚くほど刀を抜くのが面倒になった半九郎なのだが……。

「金兵衛は大事なときに、女狂いの癖を出したので、俺が斬った」

と、一気に言った。

「な、何だとッ」

「親分を……手前が……」

ギラリと郷右衛門が抜刀したので、半九郎一味の者はハッと息を呑む。

金兵衛の乾分達が、驚き、あわて、殺気立つ、その一瞬だった。

ものも言わずに、半九郎と郷右衛門は躍り込み、刃を振った。

「うわあ!!」

「くそッ――あッ。ぎゃーッ」

その辺りの葦の茂みから、水鳥が羽ばたいて湖面の水を掻き乱した。

静まり返った湖の岸に、金兵衛の乾分五名は、無惨な死体をさらしていた。

「お、お頭……」

と赤池の伝次郎が、呻いた。

「六つの千両箱は俺達だけで分けるのだ。同じ餌を十三人で食うのと、七人で食うのじゃァ腹のふくれた方が違うからな、少し面倒だが、こいつらも舟へ積込み、湖へ出てから水の底へ沈めるんだ」

と、郷右衛門がニヤリと、刀を鞘に納める。

半九郎は黙って、刀の血をぬぐっている。

これは二人だけの胸に納めて、いざというまでは誰にも明さなかっただけに、一味の者も、さすがに肝が冷えたらしく、半九郎と郷右衛門の水際立った腕の冴えに唾を呑みこむばかりであった。

半九郎一味が、湖面に漂う靄の中に消え去り、岸辺に朝の陽が射込む頃――湖岸の道をたどって来る三つの人影があった。

これは、信濃、松代藩の侍で、砂子与一郎、小平太の兄弟。それに従う若党の前田大五郎である。

三人とも、永年の旅の疲れが、衣服や、憔悴した顔や体にもハッキリ浮び、路を歩む脚にも力が無かった。

「小平太。腹の痛みは、どうだ?」

と言った砂子与一郎は、三十を三ツか四ツ越えているだろう。

「はい。大分、よくなりました」

弟の小平太は、若さが、まだ希望と夢を失わさせていないらしく、

「故郷の母上は、今頃、何をしておいででしょうな、兄上――」

「親類の家に、ただお一人で暮しておられるのだ。考えて見ずともわかるではないか」

「ああ。早く――一日も早く敵半九郎の首を持って帰らねば、砂子の家も、母上の身も、すべてわれらの手から消えてなくなります。くそッ。六年前に草加の宿場で、きゃつに出会ったとき、是が非にも仕止めてしまうべきだった。あのとき以来、関根半九郎の行方は……」

小平太は苛らだたし気に舌打ちを繰返した。

兄の与一郎は黙念と歩みつづけている。

「若旦那様。向うに漁師の家が見えます。人を起して飯や汁などを用意して貰いましょう」

と、若党の大五郎が急に元気な声をあげた。これは実直そうな四十がらみの男だ。

「おう。そうか――頼む」

「はい。昨夜は、あの山の辻堂で夜を明しましたので、小平太様も、それで……」

「なあに、もう大丈夫だ。野宿すれば、それだけ宿賃が助かる。故郷を出てから、もう十年になる。此頃では路用の金も親類共は良い顔をして出してはくれぬのだからな。のう、兄上、――」

小平太は、むしろ憤然と言ったが、与一郎は力の無い苦笑を洩らしただけである。

湖岸の漁師の家で、朝飯を済ました三人は、まっすぐに道を稲毛の城下へたどって行った。

その頃——稲毛家の追手は、急に越中方面への追跡を止め、一転して飛弾の国境へ向ったのである。

これは、あのとき——半九郎が泉の金兵衛を斬倒す直前に、

「どうせ、集まる場所は、飛弾の……」

と洩らした金兵衛の一言を、気絶しかけながら耳にはさんだ道観の妾、お世津が、ふッと思い出して、道観に告げたからであった。

道観は、腹心の寺僧達に固く口止めして、半九郎一味が盗み出した金箱の中味のことは藩の役人にも洩らさなかった。

稲毛岩見守は、菩提寺の本堂再建の大金を盗み出した盗賊一味に、激しい怒りを投げつけ「草の根を分けても、盗賊共を捕えよ」と、厳命した。

道観は、また新たな寄進の金が集ることを思って、ひとり北叟笑んだのである。

その三

「それにしても姐さん。もう着いてもいい頃だが——」

旗鉾の十兵衛は、六尺に近い巨軀を薄暗い土間に運んで、戸外を眺めつつ、炉端に黙念と坐っているお民に声をかけた。

「馴れない土地で仕事をした上、しかも二十里近い道のりを逃げてくるのだもの。今度は、何だか、危いような気がしてならないのだけれど……」

お民は、嘆息して、薪を大きな囲炉裏にくべた。

切り立った崖と聳える山肌に囲まれた、この小屋の囲りには、早くも夕暮れの気配が漂っているが、山と山の切れ目にのぞまれる僅かな空は、まだ青く明るい。

此処は――越中、加賀への国境いから四里ほども山を巻き、渓流に沿い、谷を越えた飛弾の山の中にある、十兵衛の出作り小屋であった。

飛弾の高山城下へ通ずる白川街道へ出るには、まだ山を縫い、谷へ降り、それを何度も繰り返しながら三里ほども行かねばならない山奥である。

このあたりの村は耕地も少いので、村人達は、夏の間、山の奥に建てた出作り小屋へ行き、その囲りの土地を開き、炭を焼いたり、稗、粟、豆などをつくり、秋にこれを収穫て、村へ帰って来る。

十兵衛の小屋も、その一つなのだが、彼の小屋は他の村人達のような仮小屋ではなく、かなりがっしりした黒光りする柱や梁が組込まれたもので、炉端の部屋を入れて三部屋もある。(その他に、これは、村人達も全く気づかぬ石で組まれた穴倉が奥の部屋の下に隠されていた)

旗鉾の十兵衛は、この土地の生れなのだが、若いうちに村を飛出し、転々と諸国を廻っているうちに盗賊となった。

武州から江戸へかけて、その勢力を誇っていた白輪の弥七という盗賊の親分の下で働いていたとき、十兵衛は、仲間に流れ込んで来た関根半九郎と知り合ったのだ。

以来、半九郎が白輪の弥七の死後、乾分達の上に君臨するようになってからも、十兵衛は半九郎の忠実な乾分であったと言えよう。

「俺も体が利かなくなり、このまま、お頭にくっついていたのじゃア、反って足手まといになるから……」

と、十兵衛が足を洗って、故郷の飛弾へ帰ったのは、三年ほど前のことだ。

しかし、十兵衛は

「足を洗っても、この泥沼の匂いは抜け切らねえ。盗んだ金は、次の仕事にかかるまで、逃げ隠れしているうちに吹っ飛んでしまい、ちっとも身につきやアしねえ。だがの、姐さん、危い目にさらされながら生きて行く面白さは、また格別なものだからねえ」

と言って、この山奥の出作り小屋を建て、此処を半九郎一味の根拠地として役立てているのである。

山麓の村にある家は弟一家に任せ、ほとんど十兵衛は、唯一人、この小屋に日を送っている。

「姐さん。お頭も、今度の仕事を最後に足を洗うそうだが――それから一体、どうしなさるつもりなんで……？」

白髪頭の、眼も鼻も口も、何から何まで大きなつくりの十兵衛は、一見して、村の庄屋のような落着きと風格をもっている。穏やかな口調で話かけるのだが、その眼の光には、やはり尋常でないものがあった。

「さあ――どうなるか。とにかく、まとまったものを手に摑んだら、私達は旅に出るんですよ」

「何の為にね？」

「探しものを、探しにね」

お民は哀しい微笑を浮べた。

お民も、木綿縞の着物をつけて、無造作に束ねた髪も、旅の陽に灼(や)けた浅黒い顔も、盗賊の女房には到底見えない。

だが、切れ長の眼にこもる淋しげな、それでいて何処か冷めたい影は、彼女の通って来た人生をハッキリと物語っている。

引き締った唇元(くちもと)も、山深い里のものではなかった。

「探しもの？　それア何ですね？」

と訊きかけた十兵衛は、ふッと苦笑を洩らし、

「いや、こいつはすみません。俺達仲間は、手前達が通って来た道の苦(にが)くて真っ暗な景色を、お互いに話し合わねえのが定法だ」

「十兵衛おじさんの通って来た道の景色は、そんなに苦かったのかえ？」

「まあね——下らねえことだが、俺が、この泥沼に足を突込んだ原因(もと)は、女でしたよ。ははは……」

十兵衛は顔をしかめて、笑った。

「姐さん。お頭のことだ。大丈夫、失敗るようなことはねえ。今のうちに雑炊でもこしらえておきましょうかい。恐らく、千両箱の三つや四つは間違いねえと、俺ア睨んでます」

小屋の戸を閉め、十兵衛とお民は、土間へ出て酒や食べものの用意にかかった。

お民は、かなりひどい跛をひいている。

土民姿を返り血に染め、髪を振り乱した関根半九郎が、脇差一本を腰に乾分の、掛川の又蔵一人を連れて、十兵衛の小屋へ転げ込んで来たのは、谷底の真上の狭い空が、とっぷりと暮れ、星が、その輝きを増した頃であった。

「やッ。お、お頭ッ。どうしなすったッ？」

「お前さんッ」

炉端から飛出して来た十兵衛とお民に、半九郎は荒い呼吸を吐きつけ、血走った眼で、さッと小屋の中を見廻したが、

「まだ他の奴等は、帰って来ねえのだな」

「お頭には珍らしい。失敗なすったか？」

「うむ――」

半九郎は、又蔵を指し、

「十兵衛。手当をしてやってくれ。又蔵、大丈夫か？」

掛川の又蔵は二十四才。親の又五郎も盗賊だったし、子供の頃から、この道を歩いて来た男だ。これも血だらけの腕を元気よく振って見せ、

「なあに――平気の平左でさ。それにしても畜生メ。おいら達が飛弾へ抜けることを、どうして役人めらは知っていやがったのか、そいつが解らねえ」

と、喚いた。

「越中へ逃げ込むと見せた俺の誘いに、追手はまんまと乗った筈だが――」

と、半九郎は唇を噛んだ。お民は、又蔵の腕を掴み、

「又さん。おいで。私が手当をしてあげよう」

「そうしてやれ。又蔵、早く上れ」

「お前さんは大丈夫なの？」

「俺のは、みんな返り血だ」

と、半九郎はニタリとしたが、急に突立ち上り、土間の戸を開けて、首を突出し

て叫んだ。

「畜生ッ。早く、早く帰って来ねえかなあ。何をしていやがるのだ」

又蔵も、板の間へ上り、お民の後から隣りの部屋へ入りながら、

「お頭ッ。おいら達が一手に追手を引受け、闘かっている間に、赤池の小父さんや永井の旦那。それに鉄砲源助、土竜の忠六なんどが金箱を積んだ馬を引っ張って、天狗峠の下へ降って行くのを、確かに見ましたぜ。だから大丈夫だ。きっと帰って来ますよ」


あれから半九郎達は、扇潟を突切り、対岸へ渡ると、六つの千両箱を用意してあった二匹の馬に積み、山から切り出した材木や藁包などで巧みに偽装した。

半九郎は乾分七名と共に一匹の馬を急がせて、その日の暮れ方までには、間道伝いに飛弾の国境いにたどりついた。

昨日のことである。

もう大丈夫だと、一同が、やや緊張から解きほぐされて、天狗峠を通る街道へ出たときである。（街道を数町行って、また谷へ降る筈だったのだ）

街道をはさむ山肌と、密林の間から、半九郎は本能的に、切迫した危険の匂いが漂っているのを感じた。

「叱ッ――待て」

手をあげて、鼻唄をうたっていた又蔵を制したときだ。

いきなり、あたり一面に、鋭い呼笛の音と、山狩りの太鼓、栢木が一斉に湧き起った。

「失敗った!!」

わらわらと、樹蔭から躍り出た追手の人数は三十名ほどだろうか――。

稲毛藩の武士が、他領の飛弾まで追いかけて来たというばかりではなく、それは、あきらかに、この飛弾を支配する幕府直轄の役人達だということが、一眼見てわかる。

その他に、この辺りの木樵、猟師なども山狩りに狩り出されているらしく、竹槍を持ったのが十数名ほど街道を埋め遠巻きに、じりじりと迫って来た。

「くそッ」

と、半九郎は歯をかみ鳴らし、

「いいか、みんな。どっちにしろ二頭の馬は無理だ。一頭だけを天狗峠の谷へおろして、谷川づたいに逃げろ」

と、命じた。

盗賊達が、隠していた刀を抜いた瞬間であった。

追手の一団は、叫び声をあげて飛び掛って来た。

狂い立つ馬の嘶き(いなな)!!

縦横に走る半九郎の抜討ちの光芒(こうぼう)!!

あッと言う間もなく突進して来た追手の二人が、悲鳴をあげて転倒した。

この凄まじい抜討ちの冴えに、一瞬息を呑んだ追手の侍達!!

だが、すぐに、あとは凄まじい乱闘になった。

その四

「佐藤孫六は斬死してしまった。孫六が口を取っていた馬は、追手の奴等に引ッ張られて行くのを見届けたが、あとの一匹は、確かに、郷右衛門達が引いて谷へ逃げた筈だ」

十兵衛が出してくれた着物に着替えた半九郎は、呻くように言った。

虫の声が細く聞えている。

山の中の冷気は、すでに冬のものであった。

炉の火は盛んに燃えたっていたが、半九郎は、まだあきらめ切れないらしく、立ったり坐ったり、土間の戸を開けては深沈たる闇に満ちた戸外を睨み、

「どうして俺達の逃げ道が知れやがったか!! まさか泉の金兵衛が息を吹っかえして捕まったのじゃねえのだろうな」

などと、苛ら立つままに、凄まじい形相をむき出しにしている。こんな失敗をしたのも始めてだが、それは何時もの半九郎が見せたことのない狼狽ぶりであった。

十兵衛は谷川まで降って見張りをしに行き、又蔵は隣室で傷に呻いている。

「どっちにしても、そんなに手が廻ったんじゃァ、望みはない。お前さん、そうなれば、この家に永く居ることは、足を洗った十兵衛おじさんに迷惑をかけるばかりですよ」

　お民は、炉端から静かに半九郎を見守って、声をかけた。

「あの馬には、まだ三つの金箱が積んである。三千両だ」

「お金なんか、もうどうでもいい。捕ってしまったら、そ、それっ切りだ。平太郎に——平太郎にも、もう会うことが……」

「うるせえ。少し黙っていろ」

「でも……」

「会えるか、会えねえか——生れたばかりのあいつを、六年前に甲府の城下へ捨てて来た俺達だ。あれから二度も甲府へ行って探して見ても、あいつの噂さは毛ほども聞くことが出来なかったぞ」

「たしか、境屋という旅籠の軒下に置いて来たのだけれど、その旅籠も火事で焼けてしまったっけ……」

「どっちにしても、まとまった金を摑んでおかなくては、俺もお前も、これから生きては行けねえのだ」

「本当に、お前さん。足を洗っておくれなのだねえ？」

「お前が平太郎に会いてえと言うからだ」

「じゃア、お前さんは、たった一人、血を別けたあの子に会いたくはないのかえ」

「当り前だ。あいつが見つかったところで、今更、親でございと名乗(なの)って出られるつもりか」

「会えればいい、私ア、一目だけでもあの子に会えれば……」

「雲を摑むのと同じことだわ」

と、半九郎は吐き捨てるように、

「ただ、俺はな、お民――よく、生きていても、どうせ捨児の平太郎だ。この、手前達だけが食うに一杯の世の中で、どうせ満足に育ってやしねえ。そのときにはお前に金を渡して平太郎につけてやり、俺は、一人で……」

「また泥沼へ逆戻り(ぎゃくもど)する気かえ?」

「俺の体にはな、この手で殺した人間共の血の匂いがこびりついているのだ。到底、逃げ切れるものじゃねえと、俺はな、覚悟を決めているのだ。だがのう、お民。どっちみち、お前とは……」

「別れるときが、いよいよ来たと言うんですね」

「ふン――厭か。厭じゃアあるめえ。その方がいい筈だ」

お民の眼からは、涙がふきこぼれてきた。

「いっそ、あのとき——平太郎と一緒に捨ててくれりゃア、よかったんだ」

「今更、愚痴を言うな。後をくっついて来たのはお前の方じゃねえか」

「自分の生んだ子を捨ててまで、お前さんにくっついて行きたかったあのときの私を、私ア自分で唾を吐きかけてやりたいんだ」

「勝手にしろ」

二人とも背を向け合って、暗い、黒ずんだ面を、じっと土間に向け、黙り込んだ。

こういう争いを、二人は何日、何年つづけて来たことだろう。

常陸で一仕事すました半九郎が仲間と別れて、一人きり、伊豆の下田近くの湯場に潜(ひそ)んでいたとき、下田の港町で媚(こび)を売る女だったお民と出会ったのは、七年前の夏のことであった。

半九郎にしてみれば、その場限りの遊びにすぎず、お民もまた薄倖(はくこう)な生い立ちを捨鉢な化粧に隠して、荒っぽい月日を送っていただけのことだったが——。

伊豆の山間にも追手の眼が光り出したので、半九郎はお民を騙して、夫婦者の商人に化け、伊豆を脱出した。

騙したということは、心を売ったということだ。

つまり、お民に惚れ込んだ男になったと見せかけ、お民の胸に火をつけたのである。

お民は必死になった。思っても見ない恋を得た女になったお民は、やがて半九郎に素性を打明けられても、男から離れて行くことが出来なくなってしまっていたのだ。

旅から旅へ……やがて、甲州、上野原の宿で、平太郎をお民は生んだ。

上野原で落ち合うことになっていた仲間の一人が八王子で捕まり、追手が迫ったのを知った半九郎は、お民と平太郎に二十両の金をつけ、ひそかに逃げ出したが、お民にさとられて追いつかれ、止むなく足手まといになる平太郎を捨てることを条件に、お民が同行することを承知したのである。

一年以上も一緒に暮したお民だけに、さすがの半九郎も未練が無いこともなかったのだ。

お民は、苦しみ悶えつつ、平太郎を捨てた。

お民が跛になったのは、そのときに、信濃へ脱ける笠取峠の附近で右脚の骨を折ったからである。

甲州から執念ぶかく追って来た普門寺の徳蔵という目明しが、信濃領の役人にも手配して、山道に半九郎を囲んで乱斗になったとき、「逃げろ」と半九郎はお民を突飛ばした。お民は疲れ切った体に力もなくよろめいて足をすべらせ、谷へ落ちたのだ。

その夜更け――もう死を覚悟したお民が、崖の中途の木の茂みに引っかかったまま、半死半生になっているとき、半九郎は危険をおかして救いに来たのだった。

「お前さんが、よもや来てくれるとは思わなかった……」

お民が苦い笑いを見せて言うと、

「無駄口を叩くな」

と、例によって叱りつけられたが、その半九郎の声には、それまでのお民がただ一度耳にした男の温さがこもっていたものである。

それからもう、六年にもなる。

「おッ――」

突然、半九郎は立ち上り、土間へ出て行ったが、

「十兵衛が帰って来たらしい」

旗鉾の十兵衛が、汗だらけになり、昂奮を押え切れない眼をギラギラさせて小屋へ駈け戻って来たのだ。

「お頭ッ。帰って来ましたぜ。馬に金箱を積んで、永井さんも伝次郎も源助も無事に帰って来ましたぜ。間もなく、谷川の路を、此処へ上って来やすよ」

「何ッ」

半九郎は土間の上を、ぴょんぴょんと飛び上り、満面に血をのぼらせ、手を打って叫んだ。

「金が帰って来たぞ。三千両だ!! 三千両だッ」

何時の間に出て来たのか、掛川の又蔵も、

「畜生ッ。獲物はその倍もあったんだ。こうなると惜しくてたまらねえ」

と、傷の痛みも忘れ、表へ飛出して行った。

谷川の方で、馬の嘶き（いなな）がハッキリと聞えた。

その五

板の間に担ぎ込まれた三つの千両箱!!

檜造りの箱は、鉄板（てっぱん）、鉄鋲（てつびょう）に打ち固められ、その金具を釘抜きや金鎚を使って打ち壊す音が、せわしくなく荒々しい男達の呼吸と、血走った眼の動きと一緒になり、十兵衛の小屋の中は、異様な、むしろ殺気立った空気に満たされている。

土竜の忠六も斬死して、永井郷右衛門と鉄砲の源助が、赤池の伝次郎の先導（せんどう）で、無事に三つの金箱を運び込んだのであった。

掛川の又蔵と十兵衛老人と、お民が、外へ出て小屋の三方を見張っている。

「あ——開いたッ、開いたぞッ」

悲鳴に近い声をあげた鉄砲源助が、五尺に足りない体を飛びつくように、まず一つの千両箱の蓋を取った。

「あ――!!」

何とも彼とも言えない、溜息に似た嘆息が男達の唇から洩れた。

源助が金箱を力一杯に引っくり返すと、中から板の間へこぼれ出したものは――

土と小石の固まりであった。

ものも言わずに男達は、残り二つの箱の蓋を開けたが……。

「畜生ッ」

怒声を金箱に叩きつけた郷右衛門は、鬼のように金箱へ摑みかかり、次々に引っくり返す。

泥と石が、炉端の囲り一杯に黒々とひろがり、盗賊達を指さして嘲笑っている。

一瞬、虚脱の沈黙が、あたりを蔽った。

半九郎は、ピクピク唇を引きつらせて、じいっと白い眼で金箱を睨みつけていたが……。

「フフフフ――う、う、うははは………」

突然!!

狂気のように笑い出したかと思うと、急にピタリと唇を閉じ崩れ折れるように板の間へ坐り込んだ。

外から戻って来た三人も息を詰めたまま、半九郎と金箱とを交互に見て、口も聞けない。

「お頭。こいつは一体、どうしたことだ」

郷右衛門が青筋を額に立てて、半九郎に詰め寄った。

「どうしたも、こうしたも、ありアしねえ」

うつろな半九郎の声だ。

「何だと!!　おう、お頭。本物の千両箱を一人じめにして、何処へ隠したんだ？」

「何――そんなことをする暇が何処にある」

と、半九郎は青ざめた顔に苦笑を無理につくり、

「坊主だ。あの坊主だ。まんまとしてやられたわ」

「うるせえ!!　黙りゃアがれ。そ、その手にゃア、乗らねえぞ」

源助は、小柄な、でっぷりした体をすくめ右手を懐ろへ入れた。得意の短銃を摑(つか)んだのだ。

「手前達。俺を疑うつもりか。馬鹿野郎め」

「黙んなさいッ。お前さんが泉の金兵衛達と後へ残ったのは何の為だ」

「何を抜かす、郷右衛門。佐藤孫六も一緒だったぞ」

「ふン。死人に口なしとはよく言ったもんだの。おう、半九郎。白ばっくれるのもいいかげんにしろ」

「わからねえのか。あの永徳院の和尚野郎に一杯喰ったのが——あの坊主め。用心のいい坊主だ」

十兵衛と伝次郎は、半九郎の言葉がわかったらしいが、掛川の又蔵も殺気だって脇差に手をかけている。

お民は、もう足がガクガクするばかりで、土間の竈の傍に蹲まったままであった。

ぷーん、と焦臭い匂いが漂ってきた。

源助が、何時の間にか短銃の火縄に点火したのだ。

よく考えれば判ることなのだが、こうなってみると、郷右衛門、源助、又蔵の三人は、ふだん半九郎の微塵も隙のない凄味のやり口を知っているだけに——もう一つは、これが半九郎にとって最後の仕事らしいと、薄々感づいているだけに、獲物を一人占めにされたらしいという疑惑は疑惑を呼び、怒りと昂奮で体中の血が頭へ上っているから、冷静に前後の様子を思い起す余裕がない。泥と石の固りを、命をかけ、汗と脂を滓り（しぼ）つくして三日も山道を運んで来たのだ。

馬鹿々々しいとも口惜しいとも、自分達の間抜けさかげんに腹を立てて泣き出したい位なのは三人ばかりではない。半九郎も伝次郎も、この稼業に入ってから始めて味う異様な絶望感であった。

「金箱を何処へやった。言え。言わねえと撃つぞ」

「よくねえ、源助。お頭は、そんなことをする筈がねえ。よく考えてみろ」

と、赤池の伝次郎が源助の腕を摑んだのを、源助は振り払った。

「うっかりしていると俺達ア、半九郎に皆殺しに会うところだったぜ」

と、郷右衛門。

又蔵は蛇のような眼をして、すでに脇差を抜き放っている。

「どうしても――わからねえと言うのか」

半九郎の低い、低い押しつぶされたような声だ。

「仲間割れは、いけねえ。やめてくれ」

十兵衛が、たまりかねて声をかけたが、間に合わなかった。

「危いッ」

と、お民が絶叫(ぜっきょう)した。

ばあーん!!

小屋中の空気が、どッと揺れ動き、半九郎を中心に、男達の黒い影が飛び違って
——。

炉にかけてあった鍋が跳ね飛び、もうもうたる灰神楽だ。

「ぎゃーッ」

「野郎ッ」

行灯(あんどん)も蹴倒された暗闇を、炉の中の炎が不気味にゆらめく。

悲鳴と怒声と、激しい気合いが入り交じって——やがて、十兵衛の小屋は、ひっそりと静まり返ってしまった。

だが、響(ひび)き渡った一発の銃声は、近くの山を探し廻っていた追手の松明を、この

小屋に引き寄せる結果となったのである。

その六

半九郎達が扇潟を渡って逃亡したその日に、稲毛城下へ入った砂子与一郎、小平太の兄弟は、城下町に貼り出された関根半九郎の人相書を見て勇み立ち、奉行所へ願出て追手の人数に加わることが出来た。

彼等が、父の仇とつけ狙った半九郎を見出したのは——十兵衛の小屋に追手の別働隊が到着して、踏み荒らされた小屋のうちに、郷右衛門、又蔵、源助、それに赤池の伝次郎の死体を見出した朝のことであった。

源助の発砲は、後から飛びついた伝次郎によって妨げられ、弾丸は半九郎の肩口を掠めたにすぎない。そして、伝次郎は郷右衛門に斬殺された。

郷右衛門、源助、又蔵の三人が半九郎の刃に仆れたことは言うまでもあるまい。

それから、半九郎とお民は、旗鉾の十兵衛だけが知る間道を抜け、美濃の国へ逃げのびようとして、兎峠の下の渓流へ出て来たところを、砂子兄弟も交じる追手の一隊に発見されたのである。

「半九郎ッ。今度こそ、逃さぬぞ」

与一郎も小平太も、若党の大五郎も、半九郎の首をとらなくては、武家の掟によって、これから何年でも仇討の旅にさまよい歩かねばならない。

砂子の家名をたてることも、それまではかなわぬことだ。

六年前に一度、草加の宿で出会って逃げられているだけに、砂子兄弟も必死であった。

稲毛藩や幕領の追手も、仇討の助太刀ということになるので、大いに勢いたち、半九郎達を隙間なく取り巻いて、兄弟を応援する。

「十兵衛。俺が路を開く。いいかお民を頼むぞ」

半九郎は、山狭の崖路に立って、もう死ぬ覚悟であった。

「半九郎。父の恨みを今日こそ霽らしてくれるぞ」

と詰め寄る与一郎へ、半九郎は叩き返すように叫んだ。

「うるせえ。恨みはこっちで言うことだッ」

「何ッ!!」

「手前らの親父はな。これ、よく聞けよ。この関根半九郎の許嫁を手籠めにしやがったのだぞ」

「黙れッ、黙れッ」

「お延はな、足軽の娘だ。二十石取りの小身者の俺に似つかわしい、可愛い女だったのだ。手前らの屋敷へ奉公に出たおかげで、あの助平親爺の生贄(いけにえ)になってしまったのだぞ、馬鹿野郎ッ」

「うぬッ」

兄弟は迫って来るが、まだ刀も抜かぬ半九郎の凄まじい殺気に押されて、一寸動けない。

崖道は、六、七間先の丸太造りの橋へ向っているが、ここにも追手がひしめいている。

十兵衛は、だから懸命に崖の下へ降りる場処を探しているが――もう無理だった。

「お延は、身を恥じて自殺した。その仇を俺が討ったのが何故悪い。その俺を牢へぶち込み、首をはねようとしたのも、手前らの親類共だ」

破牢して逃げ、それからたどった転落の道であった。

「あーッ」

お民が、絶え入るような悲鳴をあげた。

崖道の両側から、追手達が、石を役げ始めたのだ。

「早く仕止められい」

「御兄弟の刃が届くまでは、われらも手出しは致しませんぞ」

「もはや袋の中の鼠でござるぞッ。存分におやりなされいッ」

追手の侍共は、一斉に声援を送りつつ、石を投げる。投げる。

「もう、いけねえ」

あきらめ切ったような十兵衛の声であった。

十兵衛は、しっかりとお民を抱きしめ、崖道に屈み込んで、眼を閉じてしまった。

空は青く、まっ青に晴れ渡っていた。

朝の陽が、谷の向うの山肌の上部を明るく染め、山道のすぐ下に泡を噛む碧潭の渓流は唸り声をあげている。

「ええいッ」

裂帛（れっぱく）の気合をあげて、小平太が躍り込んで来た。

「む……」

僅かに身を反らして、挑ね上げるように抜討った半九郎の一刀に……。

「う、う……」

小平太は、もんどり打った。

「弟ッ」

「小平太様ッ」

と、大五郎。

刀を杖にふらりと、立上りかけた小平太の顔半分に、ドクドクと血が噴き出している。

追手が、どよめきをあげて殺到して来た。

「来やがれッ、こいつら」

半九郎は大刀を振りかぶり、魔神のようにお民と十兵衛を背にして、追手の前へ立ちはだかった。

その七

笠も揃えば、
植え手も揃う。娘田植の……。

半九郎が歩ゆむ畦道の回りからは、田植歌が流れ、彼方の山脈の上天にある陽の輝きは、彼の衰ろえた皮膚にも汗を惨ませた。

(そうだ。あれからもう、十、四年……)

破れ笠に陽射しを避け、垢じみた僧衣の袖口から手をあげて指を折ってみたが……。

（今まで、俺は、一体、何をするつもりで、生きのびて来たのだ）

あのとき兎峠の崖道で、お民も十兵衛も死んだ。

お民は、弟を殺された砂子与一郎の憎悪（ぞうお）の一刀を半九郎の代りに浴び、半九郎は乱刃のうちに丸木橋の上から足をすべらせて、下の渓流へ落ち込んだのである。

半九郎が生きのびたことも皮肉な宿命であった。

（あのとき、死んでしまえばよかったのだ）

激流に呑まれ、流されつつ、今度は必死に泳ぎはじめた自分の浅間（あさま）しい本能のうごめきに、あれから何度も苦い舌打ちを繰り返してきた半九郎なのである。

生き返ってみると――そこにはお民もなく、十兵衛もなく、仲間の顔も見ることが出来ない、自分ひとりだった。

（俺という奴は、本当の意気地なしじゃなア。どうしてこうも生きていなくてはならないのか……）

飢死（うえじに）を覚悟の旅が、もう十四年だ。

それも、この世に唯一人に生き残った半九郎の胸の中に、一点の灯がともったからである。

僧衣に身を隠し、血の匂いから離れて、当途(あてど)のない旅に踏み出した半九郎の足は、ただもう、捨児した平太郎を探し求めに歩き出していたのだ。

勿論、それは雲を摑むように頼りないものだったし、よし会えたとしても、それがどうなるというのだろう。

(だが、会いたい。一目でも会って見たい)

〔明和元年四月十日生れ。関根平太郎〕と記した木札を入れた守袋を捨て去った子供の肌身につけおいた、それだけを頼りに、半九郎は北から南へ、東から西へ、国々をさすらい求めている。

理由はない。ただ、親子の本能であった。

子供を探し廻る目的が、六十の坂を目の前にした、半九郎に、一種、不思議な生甲斐(いきがい)を覚えさせるのである。

松本の城下が、近づいて来た。

田畑の向うの林の彼方に、町の屋根々々がのぞまれ、松本城の五層の天守が青空に浮んでいる。

そのとき、だるくなった両足を小川につけて、一休みしていた半九郎は、小川を隔てた路へ、ふと眼をやり、

（あ……）

思わず眼を見張った。

砂子与一郎と若党の大五郎だ。

二人とも旅の窶(やつれ)などというものではなく、まるでもう路傍をうろつく乞食侍とでも言ったほうがよいほどであった。

二人とも、尻をはしょって着物一枚に、刀を差しているにすぎない。

髪も丸めて束ねてあるだけだし、陽に灼け、垢じみた黒い顔に、眼ばかり青く光っている。

半九郎は、顔を上げたまま、二人がすぐ目の前へ来るのを迎えた。

二人とも全く半九郎には気づかない様子であった。

何か、お互いに棘々しい言葉を交し合いつつ、小川の向うの、つまり半九郎から

三間と離れていないところまで来ると、いきなり大五郎が、白髪(しらが)の交じった頭を振りたて、

「もう厭だ!! 私はもう、御免をこうむります」

と叫び、其処にしゃがみ込み、頭を抱えてしまった。

与一郎は、憎々し気に睨んでいたが、

「よし。帰れ。何処にでも行け」

「行くところなぞ、ありはしません。敵の首を持って帰らねば国へ戻ることも出来ませぬ」

「駄々(だだ)をこねるな、その歳をして——み、見つからぬものは仕方がない。仕方がないではないか」

と、与一郎は眼を伏せた。

「あのときに、何故、——何故討ち洩(も)らしてしまいましたのか……」

「父も弟も半九郎に討たれ——母も、もう死んだ。国許の親類も代が替り、俺達には眼を向けようともせぬ。俺達は忘れられて……」

「旦那様ッ」

　と、大五郎は、たまりかねたように立上って、与一郎の腕を摑み、

「もう旅をつづけるのは止めて下さいまし。江戸へ出で、たとえ一文商いでもよい、大五郎と一緒に働いて、その日、その日を……」

「馬鹿ッ……俺も、俺も武士だ。半九郎奴を討つまでは……くそッ。奴が俺を……奴の為に俺は一生を棒に振ってしまったのだ。奴の首をとるまでは。くそッ。俺は死んでも死ねんのだ」

　与一郎はブルッと体を震わせ、このとき、やっと、川向うに、ぼんやりとこちらを見ている老僧に気づいたらしく、白い眼でチラッと睨み、

「大五郎、行くぞ。従いて来るのが厭なら、勝手に何処へでも行け」

　手にした笠をかぶり、砂子与一郎は、いま半九郎が通って来た道を信濃へ抜けるつもりなのだろう、後を振り向きもせずに行きかけた。

「旦那様――」

　大五郎は泣き声を出し、

「私だって行く処はない。行く処などありゃしませぬ」

と、これも半九郎を一瞥したが、すぐに眼をそ向けて、主人の後からよろよろと

従いて行く。

(気がつかぬ。そんなに俺の面は変ってしまったのだろうか……)

半九郎は、思わず立上り、跣のまま、二人の後を追おうとした。

(討たれてやろう!!)とたんに、そう思ったのだが……。

しかし、半九郎の足は、二、三歩動いただけで、ピタリと止ってしまった。

「討たれてやりたいが……しかし、俺も、平太郎に会うまでは、死にたくないのだ。人間の業というのは、よくよく執念深く出来ているものじゃな」

半九郎は、低く低く、呟やき、砂子主従の後姿が、畦道に消えるまで、其処に立ちつくしていた。

(与一郎よ。生きていることも、また地獄じゃ――この、体中の骨という骨、肉という肉が粉々になるほどの淋しさに、この身を噛まれながら、虫のように生きている俺なのだ。まア、許せ、許してやってくれい)

関根半九郎は、砂子主従の去った方向へ合掌して、ややしばらくは、うなだれたままだった。

その両眼には、ふつふつと涙が溢れ、痩せこけた彼の頬にいくつもの筋を引いた。

やがて――半九郎は、静かに身を返し、経文（きょうもん）を呟きつつ、とぼとぼと松本の城下町へ歩み出した。

さいころ蟲

兇状旅

野州の真岡一帯で勢力を争う小栗一家と竹原一家の大喧嘩に巻き込まれ、相手方の親分、小栗の伝吉を暗殺して逃走した手越の平八は、赤城の山麓を上州渋川に出た。

塚原、須川と赤間川の渓流に沿った街道を相俣の部落まで来ると、道は崖と切立った山肌に狭まれ、むせかえるような青葉の匂いと山鳥の声が、平八を包んだ。

「もう大丈夫だ。此処までは追っても来ねえだろう」

平八は、にわかに気が軽くなった。

この半月ほどは、執拗な小栗一家の追跡に、夜もろくろく眠れなかったものだ。

陽は大分かたむいてきたが、暮れるまでには猿ヶ京の関所もうまく抜けて、永井宿に泊り、翌朝は……。

（三国峠を越えて、俺ア初めて越後へ足を踏込むんだ）

小栗の伝吉を殺してくれたので、竹原の喜助は大よろこびであった。

「済まねえが、平八どん。これでほとぼりを冷まして、また帰って来てくれ。伝吉が居なくなれば、このあたりはみんな俺の縄張りにしてみせる。旅人のお前さん一人に喧嘩一切を引っかぶって行って貰うんだ、俺ア黙っちゃいねえ。二年三年たったら、きっと戻って来てくれ。悪いようにはしねえからな」

と、五十両よこした。

兇状旅は何度もやっているし、半分は金ずくで引受けた仕事だけに、平八も竹原の喜助の甘い言葉を鵜呑みにしてはいない。

（ふン。戻って行きゃア、きっと厭な面をしやがるに決ってらあ）

十軒にも足らぬ相俣の、農家の草葺き屋根に、紫のあやめが咲いていた。

風が出て雲が頭上に動いて来て、何処かで雷が鳴りはじめた。

相俣から曲りくねった街道が、赤間の渓流を渡ったところで、手越の平八の顔の色が、サッと変った。

（来やがったな!!）

小栗の乾分に違いなかった。旅仕度の博徒が二人、崖下の木立から影のように街道へ出て来たかと思うと、平八の後からも一人——これは小栗一家の利け者と言われた七五三場の重太郎という三十がらみの骨ぽい男で、平八も一、二度真岡で見かけたことがある。

「野郎!! 捕まえたぞ、捕まえたぞ」

重太郎が呻くように言った。

「執念深えな。そんなに俺を斬って、株を上げてえのか」

平八は素早く三度笠を捨てて、重太郎から、前に立ちふさがっている二人に眼を移した。若い方が白い眼で平八を睨み、長脇差を早くも引抜いて、じりじり迫って来た。

もう一人は五十がらみの男だ。平八と同じ旅人で、小栗一家に草鞋を脱いでいたのだろう。年を老っているくせに太々しく落ついていて、ニヤニヤ笑いながら襷をかけている。

「下へ降りろ。逃げても無駄だぜ」

重太郎は喧嘩の場数を踏んでいて、平八も機先を制する隙がなかった。

街道を一丁ほど下った河原で、一対三の決斗が、行われた。

若い方の奴は、抜討ちざまに撲(なぐ)りつけるような一撃を浴びせて斃したが、重太郎との斬合いになると、平八も冷汗をかいた。

「くそったれめ!!」とか「あきらめやがれ!!」とか「この鼠野郎!!」とか、やたらに喚(わめ)き声を散らしては息もつかせず、たたみ込んで斬かけてくる重太郎の攻撃は凄まじいものであった。

それに老博徒が、適当なところで、ちょいちょいと無言の助太刀を入れてくる。

平八は、むしろ逃げ廻るようにして二人の攻撃のおとろえを待った。面を喰いしばって辛抱した。平八の紺盲縞の着物のあっちこっちが鋭い重太郎の刃に切裂(きりさ)かれた。

平八を呑んでかかり、一気に片をつけてしまおうとしただけに、七五三場の重太郎の長脇差に疲れが浮いて出るのも意外に早かった。

肺然(はいぜん)と雨が叩いてきた。

渓流の浅瀬に踏込み、岩と岩の間を廻りながら水しぶきをたてて刃を噛み合せつつ、次第に平八は攻勢に転じた。

「爺（とっ）つあん!!　何をしてるんだッ」

重太郎は鉛色になった顔をくしゃくしゃにさせ、老博徒に助太刀を求めながら、平八に斬立てられた。

爺つあんは、もう手出しをしない。抜いた長脇差（ながどす）を杖にして、ぽかんと突立っている。

喰いしばった唇を決して開かぬ手越の平八の長脇差が、やがて重太郎の腹を突刺し、

「ぎゃッ!!」

と叫んで、倒れながら必死に振り払った重太郎の刃が平八の左肩の肉を切裂いた。

爺つあんは、ゴソゴソと逃げにかかった。

「と、爺つあん。逃げるのか」

血と汗に喘ぎ、平八は声をかけた。

渓流に突伏した重太郎の体を、川の水が血の泡をたてて深味にゆっくりと押流している。

「斬合ってもお前さんにゃ敵うめえよ」

と、爺つあんが言った。

脱け上った胡麻塩頭の、痩(や)せた爺つあんだ。陽に灼けた顔の皺に隠れてしまっているような細い眼だった。

雨と汗で、びしょ濡れになった爺つあんは、街道へ上りかけて振向いた。

「肩の傷は大丈夫かい?」

「お前に心配してもらうのは筋違いだよ」

「血がひどく流れてるがなあ」

平八は、黙って、若い博徒の着物を引裂いて肩の傷を巻きにかかった。うまくゆかない。爺つあんが近寄って来て手をかしてくれた。平八は油断なく爺つあんを注(ちゅ)視(うし)した。

「爺つあんは小栗の身内じゃねえのだろう?」

「うむ。旅人だ。この年をして当もなくうろつき廻っているんでな、もう欲も得もなく体が可愛いいよ。一宿一飯の義理も無理には果したくねえやな」

「ひとりぽっちか?」

「お前さんもかい?」

「まあな……」

「若いからな、お前さん……若いうちには気にならねえもんだ、ひとりぽっちでもね」

と、爺つあんは呟き、

「この先の谷間に、湯が湧き出てるんだ。傷には滅法いいらしい。俺ア前に一度来たことがあるんだ。どうだい。其処へ行ってみねえか」

「ふーん。案内してくれるのか?」

「お前さんさえ厭でなけりゃな」

肩の傷が激しく痛んだ。出血が平八の気力を萎えさせた。

平八は爺つあんの肩にすがり、渓流沿いにさかのぼる小道を谷間に入って行った。

「爺つあんの名は？」

「前砂の甚五郎っていうよ」

雨は全く止み、雲間から、残照（ざんしょう）が黄色い先を河原に投げ落してきた。

平八は、まだ気を許してはいなかった。右腕を甚五郎の肩に廻し、傷で知覚が鈍った左の手を、いざというときには無理にも利かせて懐ろの匕首を引抜くつもりである。

事実、前砂の甚五郎は、まだ平八を狙っていたのだ。

平八を殺せば、旅人のつとめを立派に果したことになる。顔も売れるし、ツギハギだらけの老いた体に最後の花を咲かせることが出来ようというものであった。それを機会に、何とか畳の上で死ねる算段（さんだん）もつきそうに思われる。

（何処かの良い親分のところに居ついて、もう無理な旅をしたくはねえ……）

常陸から野州にかけ、手越の平八の名は、かなり売れている。その平八を斬ったということになれば、甚五郎の株も一躍はね上ることだろう。

一刻の後に――二人は、唐沢と稲包の山裾に狭まれた湯場（ゆば）へたどりついた。

湯場といっても番人の爺さんが一人いるきりだ。木樵や炭焼きが時たま浴びにくるだけの山の湯である。

くろぐろと眼に迫る山肌と崖に谷底はビッシリと囲まれていた。

月が出て、仏法僧(ぶっぽうそう)が鳴いた。

首

温泉は河床から噴き出していた。

丸太造りの小屋がけの下に、岩と丸太で囲んだ浴槽(よくそう)がある。野天風呂に近い浴舎のまわりには、渓流が岩を噛んでいた。

手越の平八は、この山の湯へ来て三日目に、繃帯された肩の傷を温泉に浸した。

「何だ、こいつは……」

判五郎は平八を助けて、ともども湯につかりながら、細い眼を平八の右腕に近づけ、

「どうも年を老(と)ると眼がいけねえ。何と書いてあるんだい?……女の名前だね」

板屋根の軒先から見えるものは対岸の山肌だけであった。

初夏の陽は、この谷底にも強い光りを投げ込んできていたが、あたり一杯の樹林が、その陽射しを反射して、浴舎の中にいる裸の男二人の体までも真っ青に染めた。

平八は、右腕の刺青を手拭いで隠し、てれくさそうに言った。

「ああ。女の名前だよ」

「ふうん──お前さん、いくつになるね?」

「二十七だ」

「若えなあ……」

甚五郎は嘆声をもらして、

「女に打込めるうちは博打うちも悪かアねえ。その女、何処にいるんだね?」

「俺の在所の、寺にいるよ」

「死んだのか?」

「二十年も前にな」

「え?……それじゃお前、その女は、おふくろかえ?」

「おふくろじゃいけねえのか──」

「ふうん。見かけによらねえ、しおらしいところがあるんだな」

いきなり、平八は湯を掬って、甚五郎の顔に叩きつけた。

「怒ったのか」

甚五郎は顔の皺に汗の玉を浮かせ、苦く笑った。

平八は不機嫌に黙り込んで、午後の陽射しを跳ね飛ばしている渓流の水泡に見入っている。

「悪かったな……古傷は痛えもんだ。もっとも俺ア、お前さんの古傷がどんなものか、そいつは知らねえがね」

甚五郎は湯に火照った体を、岩と岩との間に掛け渡した厚板の上にあげて呟いた。たるみかけた左の股のつけ根から膝にかけて、長い刀痕がある。これも、絶えず喧嘩出入りに体を張って生きて行かねばならぬ博徒の宿命が残した古傷なのだろう。

「前砂の爺つあん」

平八が湯の中から首を振向けて言った。

歯が白く笑っている。

「何だ？」

「爺つあんは何時になったら、あきらめるんだ？」

「何をよ？」

「俺の首をさ。早くとらねえと肩の傷が癒（なお）っちまうぜ」

今度は、甚五郎が沈黙した。

平八は、げらげらと笑った。

事実、こうなる前に、甚五郎は何度も平八を狙った。

浴舎から丸太の段梯子を登ったところに建てられている番人小屋は、山肌の斜面に在って、下の小屋には番人の市蔵爺さんが住んでいる。そこに若い女の湯治客がいるらしいが、爺さんは二人の博徒に、女の姿を見せないように気をつかっていた。

平八と甚五郎は上の小屋に入った。

畳も無い板敷きの部屋で、大きな炉（ろ）が切ってあり、爺さんがとってくる山女を串に刺し、この炉の火で焼いて食べるのである。

この小屋で、五日の間、甚五郎の老獪な襲撃の指一本をも出させなかったのは、手越の平八にとっても容易なことではなかった。

夜半に、はッと眼ざめると、ちょろちょろ燃える炉の炎が、じいっと、息を殺してこっちをうかがっている甚五郎の気配を平八に知らせてくれる。

(危ねえ、いっそ、突殺してやろうか……)

何度もそう思ったが……平八は、思い切って決行出来なかった。この老いぼれ博徒が、眠いのをこらえこらえ、自分の隙をうかがっているのが可笑しいようでもあり馬鹿々々しくもあり、(えへん!!)咳ばらいをして(爺つあん、無駄だぜ)と知らせてやると、いかにもガッカリしたような甚五郎の溜息がきこえるのである。

(いっそ、爺つあんに、この首をやって死花を咲かせてやってもいいんだが……)

そんなことも考えた。

これから先も、ただいたずらに当途もない放浪の旅と、一宿一飯の義理を果す為の喧嘩出入と一瞬の本能を駆きたてる博奕の昂奮と、行きずりに出会う女達との情事とを積み重ねて行くだけのことであった。

しかも、ひとりぽっちでだ。

二十七才という若い肉体が人生の行手に見出す希望の一片すらないのである。

それに手越の平八は、今までに何人も殺していた。殺したものの身内や朋輩や親分が、平八を狙って諸国に待構えている。

若い身空で、絶えず〔死ぬこと〕に向い合っている平八であった。

(斬られてもいいよ、爺つあん。何時でもやっつけな)

だが、平八の若い体が承知しなかった。

甚五郎が、とぼけてたてている寝息がピタリと止まるや否や、平八の鋭い防衛本能は咄嗟(とっさ)に体中の備えを固めてしまう。

五日間は、またたく間にたってしまったのだ。

その日——甚五郎は、湯から上って着物を着る平八に手を貸してやったとき、平八の腕の刺青を続むことが出来た。

おなか——と彫ってあった。

甚五郎は、その夕暮れに、炉端で山女を焙りながら、平八に言った。

「平八どんの在所は、手越(てごし)だったな?」

「うむ……」

「東海道のか……」

「府中の一寸先だよ」

「ふうん……」

甚五郎は又も何か訊きたそうに口ごもっているようだったが、やがて、ぽつんと、

「平八どん。俺ア、あきらめたよ」

「俺の首をか――」

「うむ……今の今、きっぱりとあきらめた」

二人は、しばらく互いの顔を見守っていたが、急に、どちらからともなく笑い出した。二人とも淋しい笑い声であった。

夏鶯

手越の平八の傷は、ほとんど癒えた。

この山の湯へ来てから半月余もたってしまっている。平八と甚五郎は、ともかく一応は越後路へ向うことに決めた。

「何処で何時、別れてもいい。出るときは一緒にしようぜ」

前砂の甚五郎は、こう言って、旅仕度をととのえる為に、或日の午後、小屋を出て一泊の予定で須川宿へ向った。

「明日の朝、発つときいたが、本当かね？」

翌日の朝になって、番小屋の市蔵爺さんが、珍らしく平八の小屋へ顔を出した。

「厄介をかけて済まなかった。お前さんが何のちょっかいも出さず俺達を置いてくれたんで、俺も甚五郎の爺つあんも、よろこんでいるんだ。少えが取っといてくれ」

愛想よく礼をのべ、平八が小判で十両を包んで出すと、市蔵は口をぱくぱくさせ、

「こりゃア困る。こんなにお前さま、大金を貰ういわれはねえ」

木菟のような顔や体をすくめ、あわてて手を振った。

「お前さま方さえ乱暴をしなけりゃ、おらだって何も言うことはねえ」

「猿ヶ京の関所まで二里。お前さんが俺達のことを訴えるつもりなら、山女釣りの帰りにでも行けた筈だ。それをお前……」

「だって、おらは、お前さま方が、どんなことをして来たお人か、何も知らねえ」

「ふん。刀傷を受けて転げ込んで来た俺だ。お前さんが怖がっていたことは、よくわかっていたぜ」

市蔵は、済まなそうにうつ向き、上眼使いに平八を見ては、薄く笑った。

「一緒に暮している若い女は、ありゃお前さんの娘かい?……まあ何でもいいや。俺達が何かするのではねえかと思って、お前さんは、あの女を俺達の眼の届かねえところへ隠すので一生懸命だったものなあ。アハハハ……」

「すまねえ。お前さま方のことを何も知らねえものだからよウ」

「怒ってるんじゃねえ。無理もねえことさ」

下手に騒ぎたてて、自分や、その娘に危害でも加えられたら……という計算を市蔵爺さんはしていたに違いない。たまに湯へ入りに来る近くの猟師や木樵にも、平八達のことは黙っていたようである。

出発すると聞いてむしろホッとした思いで平八の小屋を訪れたのだが、口をきき合ってみると、平八の意外に気さくな一面を知り、市蔵も小心な自分の警戒ぶりを悔(く)いた。

「あの娘はなあ、お客さん。おらの昔の友達の娘でよウ。ひょんなことから孤児(みなしご)になっちまっての、永い間、沼田のお城下で奉公していたのだが、ちょいとわけがあってね。それに体の工合も悪いので、おらが引取ったんでよ。もう一月ばかし前のことだがね。あの娘はなあ……」

「もういいやな。今さら、いろいろ聞いたところで手の伸しようがねえじゃねえか。俺達は明日発つんだものな」

冗談めかして、平八は笑った。

どうしても金をとらぬ市蔵爺さんが下の小屋へ帰ってから、平八は、とろとろと眠った。前砂の甚五郎は今朝早く須川宿を発って戻って来る筈であった。

眼ざめると、陽は高かった。

小屋を包む鬱蒼たる樹林の緑は今やしたたるばかり濃い。

老鶯が、しきりに鳴き、木の間がくれに光る渓流からは、陽炎のような湯けむりが上っていた。

(湯へ入ってくるか)

体中が快ろよく気だるい。すっかりナマになっちまったな、と思いながら平八は藁草履をつっかけ、木立の下の小径を渓流の浴舎へ降りて行ったが……。

(や……)

平八は眼を見張った。

白く細い女の裸身が、屋根囲いのみの浴舎の、丸太の柱の間に動き、それをすぐに湯けむりが包んだ。

(あの女だ……。爺さんも安心して、まっ昼間から外へ出したんだな)

苦笑いをして一度は自分の小屋へ引返そうとした平八だが、

(どんな女かな……?)

と、ふと覗き見をしてみる気になった。傷も癒えた平八の体は精気に満ち、汗ばんでいた。

湯けむりの中に揺(ゆ)れ動く女の背中や腰に眼を吸いつけているうちに、平八の体中の血管がふくれ上った。

対岸の岩を伝って木立に吸い込まれる市蔵爺さんの姿を、平八は見た。

爺さんは、すっかり安心して、別れの食膳に供(きょう)する山女でもとりに出かけたのだろう。

平八は着物をかなぐり捨て、獣のように湯けむりの中へ躍り込んだ。

女は悲鳴もあげなかった。

一度は激しくもがいたが、すぐに温和(おとな)しくなった。

眼を閉じたまま苦痛に耐えながら、しかもあきらめきった細い裸身を力なく平八に任せた。

平八の慾情(よくじょう)は、あっけなく白じらしく静まった。

（素人の、生娘を、俺ア……）

平八は娘から体を離し、舌打ちでもしたいような気持になり、後悔を苦く噛みしめながら、「ごめんよ」と言った。

娘は、黙って何度も湯をかぶった。

それを見ていて、平八は自分の何も彼も厭になった。

こういうときには決まって死ぬことが考えられる。

（無宿もんは、みんな俺みてえな奴なんだろうか……）

娘が、ろくに体も拭かずに浴舎を出て行こうとして急によろめき、岩に足をすべらせて湯壺の中に落ち込んだ。

「ど、どうしたんだ!!」

平八は湯を掻きわけて近づき、娘を抱き起した。

娘の両眼が焦点の決まらぬまま、うつろに平八の肩のあたりに向けられている。

「お前……お前、眼が悪いのか」

手越の平八が、すぐそれと知ったのにはわけがあった。

平八が七才のときに死んだ母親のお仲も内障眼であった。

お仲は盲目になってからも尚、平八を手越の知り合いの家に預け、府中の宿場女郎をやっていた。

「お前のお父つあんが私から逃げてしまってから、私の眼は悪くなっちまった……

悪いものはみんな眼に出てくる体に、おっかさんは生れついているのだねえ」

お仲は、手越へ来るたびに、よく平八に言ったものである。

父親は渡りものの板前で、そのときから飯盛女をしていたお仲と出来たのだという。その父親は、お仲にさんざん貢がせておいて、他国へ逃げてしまったのだ。いずれ平八が大きくなってから、くわしく話すつもりでいたらしいお仲は、文政五年の梅雨（つゆ）どき風邪を引き込んだのがもとで、一夜のうちに、あっけなく死んでしまったのだ。

平八は娘を助けて、小屋へ連れて行った。

小屋の奥の、日中は陽当（ひあた）りの良い小部屋へ娘はひとりで入って行き、境の板戸を閉めた。

「怒っているのか？　そうだろう、それに決まってらあ——俺ア悪いことをした。済まねえ、出来るだけのことはしてえから——勘弁してくれ」

平八は月並な言葉を、板戸越しに娘へ、くどくどと送った。

「どうなったっていいんです」

娘の声が、冷めたく聞えた。

「え？……」

「あっちへ行って下さい、うるさいから」

平八は、さっき自分が組敷いていた娘の顔を思い出そうとして思い出せなかった。

小さいが固く締まった乳房の感触(かんしょく)だけが、まだ生なましく平八の頬に残っている。

平八は青い顔をして小屋を出た。

明日発つときに、竹原の喜助から貰った五十両をそのまま置手紙と一緒に市蔵爺さんへ残して行くつもりであった。

（娘さんの眼を癒してやってくれ……）

と書きのこしてだ。

（俺ア字も書けねえ。前砂の爺つあんはどうかな。少しは書けるだろう）

そのうちにまた、平八は居たたまれなくなって、下の小屋へ降りて行った。境(さかい)の板戸を開けようとすると、中から娘のすすり泣く声が聞えた。平八は嘆息して河原へ出た。

（あ、帰えって来た）

前砂の甚五郎だった。桐油で包んだ荷物を肩にかけた甚五郎は、妙に眼をギラギラさせ、荒い呼吸をしながら近寄って来た。

「前砂の爺つあん。遅かったぜ」

「遅いにも何にも……危ねえところだったよ」

「竹原の身内が追って来やがったか？」

「そんなんじゃねえ。ま、聞いてくれ」

甚五郎は、下の小屋へ平八を引張り込むと、すぐに語りはじめた。

二刻ほど前のことだが、旅仕度を整えて須川を発ち、半月前に来た路を保戸野山の山裾まで河原伝いにやって来たとき、甚五郎は汗みどろになった体を、渓流の冷めたい水に浸したくなった。

「体を洗って一服して、弁当の残りでもつかってから帰えろうと俺ア思ったんだ」

水に飛込むと年寄りの甚五郎も子供のような気になった。

バチャバチャと、水を跳ね飛しながら、山女を追っかけてみたり、泳いでみたりしているうちに着物を脱いだところから、かなり離れた谷間の深味まで来てしまった。本流から山間に切れ込んだところで、水はとろりと青い。

そこで、甚五郎は、かなり遠くの赤沢山へでも通じるらしい、小径を何気なく水中から見上げて、ぎょッとなった。

径を走っていた木樵らしい男が、樹林の中から飛出して来た男に斬倒されるのが丁度眼に飛込んできたからである。

幻影のようなその場面に、甚五郎は何度も眼をこすった。

木樵の悲鳴は、ほとんど聞えなかった。

だが行われたことは事実だ。

林の中から六人ほどの旅人が現われて来て、あッという間に木樵の体を樹林に運び込んだ。

甚五郎は水にもぐり、そっと対岸の灌木の茂みに身を潜めた。

息を殺して頭上の小径をうかがっていると、やがて、一人二人と林の中から出て来たらしく、押殺したように太い人声が増えてくるのがわかった。

「何だと思う。平八どん……」

「わからねえ」

「そいつら泥棒だぜ」

「ふうむ……」

「しかも大がかりなやつだ。みんな旅商人の恰好をしていやがって荷物を背負ってる。中に入っている金が五千両だとよ」

「五千両――？」

甚五郎が話すところによると、盗賊達は、その小径から一度林の中へ戻り、其処でしばらく相談したらしい。

「怖かったが盗み聞きもしてみたかったんだ。というのはな、平八どん――そいつら、この小屋へやってくるようなことを、径で、ひょいと洩らしやアがったからさ」

丸裸のまんま、甚五郎は林の中へ忍び入った。

小屋の番人や浴客を叩き殺して一夜を明かし、翌早朝、木樵の抜ける道を三国峠へ出ようという案と、稲包山の山腹を縫い、廻り道をしてもよいから三国峠へ出ようという案とに別れて、盗賊達は大分論争したらしい。

「越後へ出ればこっちのもんだ。それまでは一分の隙もあっちゃならねえ」

と首領らしい男が裁決をした。

「荷物を包み直しているところへ、ひょいと今のように木樵のおやじなぞが飛出して来やがる。峠をこえるまでは油断出来ねえぞ」

小屋の番人を殺すのもいいが、もしひょんなことで手違いがあったら、猿ヶ京の関所はすぐ近くだからなと、首領は言って、結局一同は稲包山の林中へ去って行ったと甚五郎は語った。

「話によると、どうも美濃と越後の泥棒が力を合せてやったのらしいぜ。まあ、何にしても此処へ来ねえでよかった。その泥棒の親分って野郎を俺ア見たが、骨張った背のいやに高い、狼のような眼つきをしている野郎だったよ。あいつらを七人も相手にしたのじゃア、お前と俺とでかかっても到底見込みはねえ。来ねえでよかった。よかったよ、なあ」

「前砂の爺つあん。それで、そいつらはその大金を何処で盗ったんだ？」

「東海道の何処からしい。道中でよ——何でも土岐様の御用金らしい。どうせ今どきの大名が使う金だ。ろくな金じゃあるめえがね」

「そう言えば、そんな噂を、真岡に居た頃に聞いたことがある」

と、平八は呟いた。

土岐侯と言えば上洲沼田の領主で、このあたりのつい近くまで支配している大名である。

「大饑饉の後で民百姓は食うものも食わねえでいるのに、侍大名だけは贅沢をしていやがる。へん、盗られていい気味だ」

甚五郎はこう言い捨てて、

「小屋の爺いは居ねえのかい？」

と訊いた。

「うむ……」

と、平八がこの問いに答えようとしたときである。

　サッと境の板戸が開かれ、あの娘が気狂いのように飛出して来た。

「あッ――ど、何処へ行くんだッ」

　平八の手を振払って、娘はさぐり馴れた小屋だけに迷いもせずに炉端を駈けぬけ、土間へ飛降りた。

「爺つあん!!　止めてくれ」

　甚五郎が、びっくりしながらも径へ飛出して娘を抱き止め、土間へ引擦って来た。娘は凄まじい声を張って叫んだ。

「お前達のようなやくざもんには頼まない。私が行く、私が行く!!」

御用金五千両

　娘の名は、おしまといった。

　沼田領内の寺間村の農家の娘だが、天保四年から七年にわたる全国的な大飢饉によって、父親を失った。父親は餓え死をしたのである。

　一人っ子のおしまが九才になった冬のことで、その翌年には母親が病死した。

これば何も、おしま一家に限ったことではなく、飢饉ともなれば、米を中心にして動く当時の日本の国家経済であるから、どうにもならない。全国の餓死者は尨大(ぼうだい)な数に達した。

江戸や京都のようなところでも、何万という餓死者、何十万という給恤者(きゅうじゅつしゃ)を出したのである。

天保八年に大阪で、かの大塩平八郎の乱が起ったのも、この大飢饉が原因であり、各地の百姓一揆が頻発(ひんぱつ)した。

それから約八年――今年は弘化二年であるが、大飢饉の復旧もようやく目鼻がついたかと思うと、アメリカの軍艦が浦賀の港へ入って来たりして、世の中は騒がしくなるばかりであった。

平八や甚五郎のような博奕うちは、その日その日の景気不景気に身を任せているだけだから、そんなことは一向、身に泌みてわからないのだが、しかし飢饉の恐ろしさだけは痛切にわかる。

餓死、流離によって、貧しい百姓達の団欒(だんらん)が、あッという間に叩き潰され、子は親の手から、無惨に自然の暴力が奪いとってしまうのだ。生き別れ死別れの悲劇は数え切れない。

おしまは孤児となってから、村の庄屋が引とって世話してくれたが、十四才の春に世話する人があって、沼田藩の馬廻りをつとめる沢口孫九郎の屋敷へ、下女奉公に上ったのだという。

沼田藩は五年前の天保十一年に、当時十八才の伊予守頼寧(いよのかみよりやす)が家督し、天保飢饉に疲弊(ひへい)しつくした領内の治政に当った。

頼寧は自ら率先励行(そっせんれいこう)して質素勤倹につとめ民政の復興を計った。

若くして没したこの殿様は、沼田代々の領主の中でも、まれに見る偉材であったといわれているが、それはさておき、おしまが昂奮して語る一番の重大事は——沼田藩が大阪の蔵屋敷を通じて、二年越しの念願がかない、ようやく大阪商人から借り入れることが出来た七千両の金を、東海道藤枝の宿で群盗に強奪(ごうだつ)されたということである。

十数名の盗賊達は、御用金輸送の沼田藩一行が泊る本陣青嶋治右衛門方へ火をかけ、その騒ぎにまぎれて侵入し、藩士四名、足軽八名を殺傷して金を奪い逃走した。この年の春もまだ浅い頃である。

その金の大半を運んで、越後の盗賊達が、つい目の前の山の向うの谷間を通過しているると聞いて、おしまは矢も楯もたまらなくなったのであった。

「そのお金は大切なお金なんです。殿さまが、そのお金で、民百姓の暮しがたつようにと、いろいろ……」

疲弊ただならぬ領内に、伊予守頼寧は自ら采配をふるい、この七千両をもって民政に何とか活を入れようとしていたのだろう。

「殿さまばかりではない、城下のお侍方も、領内の民百姓も、このことを聞いて、夜も眠れずに口惜しがりました」

盗賊達は、きびしい探索の目を巧みに逃れ、協力した美濃方に二千両を分け、残りの五千両を持って隠れ潜みつつ、ようやく越後の本拠へ逃げ込もうとしているに違いなかった。

「私は仇を討ちたいんです。奥様や坊っちゃまや、私の……私の仇も……」

「何だと？　そりゃどういうわけだ」

平八は思わず、おしまの肩をつかんだ。

「言ってみろ。言ってくれ、言ってくれ!!」

「旦那様は、あいつらに殺されたんです」

「じゃ、御用金を運んで来た沼田のお侍の中に、お前の御主人が居たってえのかい」

甚五郎も眼を白黒させた。

「で――お前の仇ってのは何のことだ。聞かせてくれ。頼む」

手越の平八は、尚も問いつめた。そして、その主人の供をしていた足軽の一人が、おしまの恋人であったことも知った。

平八は、叫んだ。

「と、飛んでもねえことをしちまった」

「どうしたんだ？　平八どん――何がよ？」

おしまは言った。

「いいんです。私は、この知らせを聞いて、一晩のうちに眼を悪くしてしまったのだもの。もう何の、のぞみもない。死んだっていいのです。けれど、そのお金だけは、何とか取り返して殿さまに届けてあげたい。百姓達が助かるんです」

おしまは再び立ち上って飛出そうとした。

猿ヶ京の関所まで盲目の身で知らせに行こうというのだ。

「そりゃ、お前が行くより番小屋の爺つあんを呼び戻して行って貰った方が早えよ」

と甚五郎は、

「俺が駈けつけてもいいんだが、そうなると俺達の方が面倒になる」

市蔵爺さんはまだ帰って来なかった。

「それよりも、早くしねえと、あいつらは、三国峠を越えてしまうぜ」

空はまだ明るかった。

夕闇が降りるころには越後路へ彼等は足を踏み入れていることだろう。

「おそらく俺の足で関所へ駈けつけても間に合うめえ。それから役人達が三国街道を峠まで駈けつける間に、奴等はのうのうと逃げてしまうからな」

甚五郎は舌打ちをして、

「そうと知ったら、先刻見たとき黙って引下りやしなかったのにな」

と強がりを言った。

おしまは泣き咽んだ。

平八はどす黒い顔つきになり、腕を組んで黙り込んでいる。

裏の林で、しきりに瑠璃鳥（るりちょう）が鳴いた。

「まあ、あきらめるんだな。な、な」

甚五郎が、おしまの肩を叩いてなぐさめたとき、平八が言った。

「此処からすぐに、谷川に沿って三国峠へのぼって行けば、間に合うだろうか？爺つあん――」

「間に合うかも知れねえ。奴等は廻り道になる。此処からなら一刻（二時間）はかからねえと、此処の小屋の爺さんが言ってたぜ――けれど平八どん、誰が行くんだ。まさか、お前じゃねえだろうな」

「前砂の――奴等は七人だと言ったな」

「行くのか？――え、お前さん行くのかい？」

我にもなく甚五郎の表情が狼狽（ろうばい）と不安で一杯になった。

「爺つあん――俺達無宿者は、金もなく、家族もなく、親類もねえ。暮しの元手になる職も手につかいちゃアねえ。世の中ってものを相手にして、何の助けも借りることが出来ねえ。ひとりぽっちだ」

平八は、素早く甚五郎が背負ってきた包みを開き、衣類や帯を引出した。

藍と茶のみじんの単衣が一枚ずつあった。藍みじんのやつを裸になった体に羽織り茶の帯をしめながら、平八は、せかせかと言いつづけた。

「俺達は一生不住の身だ。悪いことや下らねえ何の薬にもならねえことをやりつづけて、何時も悔んでいる。だからといって浮び上る綱の一本も持っちゃいねえ」

「そりゃそうだ。けれどお前」

「爺つあん」

「え……?」

「こんな虫けらみてえな俺達が、普通の人間にやれねえことをやってのける折は、めったにねえのだ」

「何だと、平八どん……」

「五千両の金が助かれば多勢の人間が助かるんだと、この娘は言ったぜ。だからやるんだ」

平八は断固と言放って、長脇差を取りに上の小屋へ行こうとした。

甚五郎は、ぐッと平八の腕を摑んだ。

「平八どん。死ぬぜ」

「死ぬかもしれねえ」

「うまくいくかどうか、そいつもわからねえぜ」

「爺つあん。俺達の毎日毎日は、みんなそいつだ。今更尻込みは可笑しいや」

「よし！」

甚五郎は、唇のあたりをピクピク震わせ、

「俺も行こう。一人より二人だ」

「爺つあんは関所へ知らせてくれ」

「それは小屋の爺さんで沢山だ。もうじき帰って来るに決まってる。おしまちゃんから話してもらえばいいやな」

「いけねえ。俺ア爺つあんを連れて行きたくねえ」

「平八どん。お前の言う通りだ。俺達は虫けらだったもんなあ。ようしうまくいかなくても、今度のことで死ねるなら、いっそ有難えかもしれねえ。行くぜ俺は——お前が厭なら勝手に行くぜ」

おしまが、平八にすがりついた。白濁した双眸から涙の玉がふくれ上って彼女の顔を濡らした。

「おしまちゃん。許してくんな」

おしまは懸命に、かぶりを振りつづけた。

三国峠

手越の平八と前砂の甚五郎は一分もすかさぬ渡世人の喧嘩仕度で、汗にまみれながら赤間川をさかのぼって行った。

小屋を出るときに市蔵爺さんが戻り、これに関所へ駈けつける役目を頼んできただけに、平八は勇気百倍していた。

盗賊達の現われるだろう峠の道も市蔵から教えてもらってきている。

「せめて——せめて俺達だけでも、間に合うといいんだが……畜生め、見ていていやがれ。間にあったら只じゃアおかねえ」

喘ぎ喘ぎ平八は言った。その平八の脳裡をおしまの顔が消えては浮び、浮んでは消えた。

甚五郎は、しっかりと唇を結び、速い平八の足に遅れまいと必死であった。

甚五郎は塩からく眼にしみる汗を手の甲で払うたびに、前を進む平八の後姿に複雑な一瞥をくれては、また下を向いて山径をのぼりつづけた。

陽は、ようやく西の山肌に隠れ、東の空から桔梗色の夕暮れが追ってきていた。

一刻もかからぬうちに、二人は三国峠にたどり着くことが出来た。

七ツ半（午後五時）頃になるだろうか。

山と山の鞍部にあるこの峠の空は夕焼けて、三国街道の白い道は影も濃くなった越後の山々に吸い込まれていた。

もう通行する旅人もないようである。

「しいんとしてやがる……奴等はもう峠を越えてしまやアがったかな」

平八は呼吸をととのえ、はじめて竹の水筒を腰からとって喉をならして飲み、甚五郎に渡した。

峠の東から南へ、くねり曲って下る街道は、二里余も下の猿ケ京の関所へ通じている。

猿ケ京の関所は幕府が管理(かんり)している。

市蔵爺さんは、ようやく今頃、関所へ着いたかどうかというところだろう。

関所役人が駈けつけて来るまでには、まだ一刻余りはかかると見ていいのだ。

峠には石の道しるべがある。風雨にさらされた素朴(そぼく)な丸木造りの鳥居が道端にあり、その彼方には祠(ほこら)が、峠より上の三国山の山腹にたてられている。

あとは檜と杉の山林が峠を囲んでいた。

「来た!!」

甚五郎が唸るように言った。

「何処だッ!!」

「叱ッ——そら。耳をたてて見ねえ、平八どん。話声が聞えやしねえか」

「…………」

何も聞えなかった。

しかし甚五郎は、峠の西側の樹林に注意深い眼を投げて動かなかった。

「何か見えるか？　爺つあん——」

甚五郎は首を振った。

「奴等は通りすぎたのかも知れねえ」

甚五郎は、また首を、今度は激しく振った。

「来た。間違いねえ」

「何処だ？」

「木の間に人が見えた。三つもだ。奴等に違えねえ」

甚五郎は平八の手をとって、鳥居の後ろの黒松の蔭に引張り込んだ。

「平八どん。いよいよ始まるぜ」

「爺つあん。お前さんを引張り込んで済まなかった」

「余計なことをいうねえ」

甚五郎は顔中をくしゃくしゃにして上ずった声で言った。

「俺は向うへ廻る。はさみ打ちにしようじゃねえか」

「うむ……爺つあん。俺が先へ出るぜ。相手は七人だ。五分五分にゃいかねえ。俺が引つけてたところへ後ろから出て一人でもいいから、やっつけてくれ」

「わかってるよ」

　人声がした。

　平八と甚五郎はうなずき合った。

　甚五郎は、繁(しげ)みに隠れ、姿を消した。

　平八は手馴れた動作で襷をかけ、長脇差を引抜くと、竹筒の水を口に含んで刀の柄に吹つけた。

　喧嘩場での斗志が、平八を冷静にした。

（なあに、何時もの通りにやればいいんだ）

　平八の眼に、街道の一部が見える。

　盗賊達は、道の向うの木立から一人、二人と現われた。

　先頭の一人が、あたりを見廻してから合図をすると、七人の旅商人が笠をかぶったまま街道に揃った。そのうち五人が行李の荷を背負っている。

　その荷物の中は、商品ではなく勿論小判が隠されているに違いなかった。

甚五郎が言った背の高い首領らしい男の顔は、笠に隠れてよく見えなかったが、平八は一眼見て浪人上りだなと思った。

首領が何か言った。

一行は休みもせずに越後の方向へ、国境の峠道を下りかけようとしていた。

平八は繁みから飛出し、矢のように鳥居を潜り抜けて先頭の一人の笠の上から撲りつけるように長脇差を振った。

笠が裂けて血が噴いた。その男は背負った荷物の重味に引かれ、絶叫をあげて後ろざまに転倒した。

そのときには平八の体が弾みをつけてクルリと廻り、次の一人の胸から首のあたりを掬い上げるように斬りつけていた。

「野郎!!」

「誰だッ!!」

「散れ!!　散れッ!!」

盗賊達は口々に喚き、平八の攻撃に驚ろきながらも荷物を捨て、脇差を抜いて街道一杯に飛び下った。

平八は無言だ。

彼は闘うときには口をきかない。

平八が二人目を斃(たお)したときに、盗賊達はやっと構えを立直して平八を取囲んだ。

盗賊達は白い眼をむき出し、互いに低く合図を交しながら、じりじりと平八に刃の輪を詰め寄せてきた。

首領は笠をかなぐり捨て、仕込杖にした無反(むぞり)の太刀を抜き、激怒に歯をむいて、

「きさまは何だ!!　何者だッ!!」

平八は答えなかった。

前砂の甚五郎はまだ現われなかった。

(爺つあん、逃げたな)

ニヤリと平八は笑ったが、しかし二人の人間を殺すということは並大ていのことではなく、刀を握りしめた両腕が硬張り、喉はひりつくようだし、五本の刃の輪に、平八は何時になく圧迫感をおぼえた。

やくざ同志の斬合いと違い、正面から向い合うと盗賊共の刃には訓練があった。

平八は懸命に機会を狙った。

「斬れ!! 早くしろ」

首領が低く叫んだ。

同時に右手の一人が動きかける機先を制して、平八は躍り込んだ。

体ごとぶつけた一撃に相手は腹を刺されて悲鳴をあげたが、平八も左から斬込まれて、

「うう……」

癒ったばかりの左肩を後ろから切裂かれて呻いた。

前砂の甚五郎が何処からか躍り出して来たのはこのときである。

平八の肩を斬った奴は甚五郎の一撃を顔のまん中に受け、血しぶきを跳ねあげて転ろがった。

平八は長脇差を相手の腹から引抜き、甚五郎と共に三人の敵を迎えた。

西の空の一端に夕陽は残っていたが、街道は夕闇に包まれ、血の匂いと決斗の激しい呼吸がたちこめた。

五本の刃と五つの人影は、どれが敵か味方か区別のつかないほどに入り乱れ、もつれ合った。

甚五郎は、一人盗賊に抱きつくようにして押倒し長脇差を胸に突刺したが、そのとき後から襲いかかった首領の一刀にもんどりうった。

平八はもう一人の奴をようやく倒し、首領に向った。

首領は疲れのひどい平八を圧倒し、右股を斬払(きりはら)った。

「こいつ!! とんでもねえことをしやがったな。死ねい!!」

首領が振りかぶった刀の下に、蛇のように忍び寄って来た甚五郎が体を投げ込んだ。

「うわッ!! う、う、う……」

首領は崩れ込むように倒れた。

甚五郎の手に匕首が光った。その光は二度三度と首領の胸元へ吸い込まれた。

静寂がきた。

平八の笛のような喘(あえ)ぎも、ようやく絶えた。

峠の上の空に星がまたたきはじめた。

平八も甚五郎も倒れたまま動かなかった。

ややあって、平八が身を起した。一時は失神していたらしい。

「と、と、爺つあん……前砂の爺つあん……」

平八は、うつぶせになっている甚五郎の体にすがりついて何度も呼び、そこらを這い廻って盗賊の死体のひとつから竹筒を見つけ出すと、中の水をふくんで、口うつしに甚五郎に飲ませた。

甚五郎の胡麻塩頭に血がこびりついていた。

「爺つあん!! しっかりしてくれ!! 眼をあけてくんねえ」

甚五郎が鈍く眼を開いた。平八は狂喜した。

「爺つあん!! 俺だ。平八だ。わかるか」

「わかる」

甚五郎はうなずいた。

「みんな、やっつけたか? 平八どん……」

「やっつけた。やっつけたともよ」

「よかった……」

「うむ。よかったな、爺つあん……」

「もう……もうじきに関所の役人が来るだろう——お前、大丈夫か？」

「大したことアねえ。でも、また此の間のところをやられたよ」

「まさか、死ぬようなこともあるめえ、お前の声でそれがわかるよ」

「爺つあん……」

「俺ア駄目だ、もう……」

「もう少しだ。もう少し辛抱してくれ。もうすぐに関所の……」

「気休めはいらねえよ」

甚五郎は、血だらけの顔を上げ、平八の腕に助けられて半身を起した。

「平八どん。奴等の荷物を開けて見せてくんねえ」

「よし……」

平八は荷物のうちの一つを引擦ってきて、甚五郎が握りしめていた匕首をとり、それで荷物の綱を切って行李の蓋を開けた。

中味は縮の反物だったが、その底に薄板で造られた箱があり、それを匕首でこじあけると、小判が音をたてた。

「あった!! 爺つぁん、あったぜ」

甚五郎は嬉しそうにうなずいた。

平八は小判を摑み、甚五郎の手に握らせてやった。

「賭場で掻(か)っさらった小判の手ざわりは、こんなに良いもんじゃアなかった」

甚五郎は弱々しく平八に囁き、急に震える両掌で平八の腕を摑んだ。

小判が街道に落ちた。


「平八どん」

「何だ? 爺つぁん!……」

「言うめえと思ったが……言わずに死ぬのが淋しくなった。だから言いてえ」

「何をだ? 何をだよ、爺つぁん……」

甚五郎の顔は、濃い夕闇に蔽(おお)われてしまっていたが、平八は爺つぁんの眼に涙が光るのを、はっきりと認めた。

「平八どん。だ、抱いてくれ……」

手越の平八に抱かれた前砂の甚五郎は、息絶える直前にこう言った。

「俺を許してくんねえ……俺ア、板前くずれの博打うちで、お前のおふくろをめくらにした悪い野郎だ……」

清水一学

主人の喧嘩

愛宕権現(あたごごんげん)の境内は、桜も七分咲きで、花を見がてらの参詣人も多い。

吉良家の中小姓(ちゅうごしょう)をつとめている清水一学は、境内の茶店で、姉のおまきと共に休んでいたが、花曇りの空の下を本堂の方から流れてくる人波の中に、奥田孫太夫の姿を見出して、

「奥田殿。孫太夫殿――清水です」

立上って手を振った。

孫太夫は振向き、ちょっと戸惑(とまど)うような気配を見せたが、

「しばらくだったなあ、一学――」

渋い笑顔で応え、近寄って来た。

奥田孫太夫は、播州赤穂の領主、浅野内匠頭長矩(あさのたくみのかみながのり)の家来で、俸禄百五十石、馬廻りをつとめる中年の武士である。

一学と孫太夫は、共に、市ヶ谷にある堀内源太左衛門の門下で、折紙つきの冴え

た腕前だった。

「国もとの姉が江戸見物に出てまいりましたので、その案内に——」

姉のおまきは、色の浅黒い、骨太のガッチリした体つきだが、弟の一学そっくりの大きく見張った双眸（ひとみ）が、三十を越えた今も美しい。

「藤作——いえ、一学の姉でござりまする。弟が何時もお世話さまになりまして……」

孫太夫が丁寧に礼を返すと、おまきは、ただもうドギマギしてしまい、ペコペコと頭を下げるばかりだ。

吉良家領地である三河幡豆郡の百姓の倅に生れた弟が、孫太夫のように立派な武士と親しく交際をしているということを知って、おまきは泣き出したいほどに嬉しかった。

「奥田殿は御参詣（ごさんけい）ですか？」

茶店前の腰かけに請じながら、一学が訊くと、孫太夫は、ふっと眼を閉じ、

「殿様御役目が無事に相済むようにと、去る十一日より、お勤めの暇をぬすみ、祈

願をこめにまいっているのだ」

「あ――この度びの御役目のことですな」

一学も、すぐに気がついた。

三日前の三月十一日に、京都から勅使が江戸へ着き、浅野内匠頭は、伊予吉田の領主、伊達宗春と共に、勅使饗応役を、将軍綱吉から命ぜられている。

一学の主人、吉良上野介は、高家衆の筆頭である。上野介が、饗応役に就いた大名の指導に当ることは恒例になっていた。

例年のことだし、馴れ切った儀式の差図をするだけのことなので、それほど緊張もしていない上野介の淡々たる日常は、勅使が江戸へ着いてからも変ることはなかった。

「姉が来ておるそうじゃな。折角の江戸見物ゆえ、ゆるゆると屋敷に滞在させよ」

と、昨夜も居間に呼ばれ、一学が上野介から暖い言葉をかけてもらっている。

それだけに、一学は孫太夫の胸のうちなどを気にかけることもなく、

「まず一献――」

と、懐かしげに盃をすすめた。

孫太夫は、手をあげて、キッパリと断わった。

「いや、今日は飲まぬ」

芝の愛宕山頂にある、この境内からの眺めは江戸一番の美景と言われている。

武家屋敷や町家の屋根々々の彼方には、江戸城の天守も望まれ、海も見えた。

境内にも門前にも、茶店が軒を連ねて、毎月二十四日の縁日には大変な賑いになる。

「何故お飲みにならんのですか？　よろしいでしょう。一献だけ、一献だけです」

一学も、少し酔うと、しつっこくなる。

もう少し量が入ると顔が青くなる。

それ以上になると、いくら飲んでも切りがなくなり、酒乱（しゅらん）に近い暴れ方をする。

これは父親ゆずりのもので、吉良上野介の寛容（かんよう）さがなければ、とうに追払われてもよいような失敗も数度やっている一学だ。

おまきもそれを知っていて、はらはらしているのだが、一学は気にかけない。

近頃では限度もわきまえ、一定の量まで飲むと、ピタリと盃を捨てられるという自信がある。

尚も、盃をとってすすめる一学の手を、孫太犬が荒々しく払った。

「いらん」

（おや——？）

何度も一緒に飲み合ったことがあるだけに、一学も何時にない孫太夫の挙動(きょどう)を不審に感じたのである。

すぐに、孫太夫は態度を改め、

「失礼した。また会おう」

「お顔のいろがすぐれません。どうかなさいましたか」

「いや、別に——」

何か変に、よそよそしい孫太夫だ。何時もの、ざっくばらんな——百姓上りの一学を、むしろ対等に扱ってくれ、親切に文武の指導をしてくれる孫太夫ではない。

「お待ち下さい。気にかかる。あなたは何時も、そんな眼で、手前をごらんではない」

「そうか——」

と、孫太夫は嘆息した。

「おれの修行が、まだ至らぬと見える」

「どうも気になっていかん。わけを――さ、わけをお聞せ願いたい」

おまきが、しきりに一学へ（失礼するな）と眼顔で知らせようとするが、一学は、もう夢中だ。

生れつき気働きも細かい方だし、その怜悧な性格を吉良上野介にも見込まれただけに、心から兄事している孫太夫の不審な挙動をそのままにしておけなかった。

孫太夫は、じいっと一学を見た。

「おぬしとは道場でも、とりわけ仲の良い剣術友達だ。おぬしを恨むところはさらにないのに――」

孫太夫は思わずこう洩らして、ハッとうつ向いた。

「恨む？　恨むとはまた何をです？」

「おぬしの主人をお恨みする気持が、思わずおぬしの顔を見たときに出たものと見える――いかぬ。おれはまだなってはおらん。許してくれい」

一学はおどろいた。

「奥田殿。何故あなたは、手前の殿様を恨むのですか？」

「おればかりではない。浅野家中のものは皆……」

「何ですと――？」

「いかぬ。思わず口走った。これで失礼する」

「きき捨てになりません。ぜひともうかがいたい。うかがうまでは離しません」

一学は孫太夫の前へ廻り、その両腕を掴（つか）んだ。

「藤作!!」

おまきは一学の少年時代の名を呼び、

「御無礼をしてはならんぞな」

一学は構わず、孫太夫を、茶店の中にある腰かけまで押して来ると、鋭い口調で、

「奥田殿。あなたと手前の間柄で、何故、歯にキヌを着せるようなことを言われます」

孫太夫も心を決めたらしく、腰かけにかけると、やり場のない憤懣（ふんまん）を一気にぶちまけて、

「では言おう。此度の御役目を受けてより四日の間、わが主君、内匠頭は、殿中に於て、事々に、おぬしの主、吉良殿から目に余る恥目(はずかしめ)を受けておるそうだ」

「何ですと――？」

「その理由はな、吉良殿のお指図(さしず)を願う為、浅野家より挨拶に出向いた折の贈物が粗末だというのを根にもって、吉良殿は、事々に意地の悪いお指図だそうな――わが殿も、この四日の間、ともすれば殿中に於て大恥をおかきになる羽目を、何度も危く、しのがれてきたのだ」

一学は、ことの意外さに声も出なかった。

そうした噂さは吉良邸内でも耳にしたことはない。

上野介も何時もと変りなく出仕(しゅっし)し、帰って来るだけで、浅野内匠頭のことなどはお伽(とぎ)に呼ばれる一学にも語ったことはない。

「そりゃ何かの間違いだ。手前殿様は、そ、そんなお方ではない。ある筈がない」

「そりゃな、おれの主人も名うての短気者だ。吉良殿とは気も合うまい」

孫太夫はちょっと言葉を途切(とぎ)らせたが、

「しかしだ。賄賂によって御役目をつとめるとは、吉良殿も、よくよくのお方だな」

と言ったのは、上野介に向けた鬱憤も並々でないものがあるのだろう。

「もう一度言うてごらんなさい」

さすがに血の色を顔面にみなぎらせ、一学は激しく孫太夫を睨んだ。

「いや、いかぬ」

孫太夫は、つとめて反省しているようだ。反省しながらも、つい口走ってしまう自分の一本気でひた向きな性情を持て余しているらしい。

「一学。おぬしに聞かせなくともよいことだった——しかし、この二、三日というもの、われら浅野の家来達は、何とぞ無事にと夜も眠らず、殿様とお家のことを考え、血眼になって働いておる。——それでつい、おれも気が昂ぶり……」

孫太夫は、何時も道場で一学と語り合うときのような微笑を浮べた。

「許せ一学。——この御役目が済んだなら、また一緒に竹刀を交え、碁も打とう。酒も酌もうよ」

孫太夫の若党、岩田半六が血相変えて、この茶店へ飛込んで来たのは、このときである。

「見つかりました!!　やっと見つかりましたッ」

半六は、もう泣きながら、息を切らせて、その場にへたり込み、

「一大事、一大事でございますッ」

「何事だ」

孫太夫も瞬間、ハッと不吉な予感をおぼえたらしく、いきなり半六の胸倉をとって、

「殿が、どうかなされたかッ」

「はッ——殿様は、つい先程、殿中松の御廊下に於て、刃、刃傷あそばされましたッ」

「何ッ——相手は吉良か?」

「は、はい……」

半六が泣声をあげた。

一学も、おまきも仰天した。

「今しがた、鉄砲州御屋敷へ、城中より知らせが……」

と言う半六の胸倉を、今度は、横合いから孫太夫を押退けた一学が掴んで引起し、

「これッ。殿様はどうした？　吉良様はどうしたッ」

夢中になって叫ぶ一学を、孫太夫が突飛ばして入替った。

「これ半六。殿は上野介を見事討果されたか？」

「残念にございます」

半六は、泣きむせびながら突伏してしまった。

孫太夫は茫然となった。

一学も口が聞けない。おまきは、わなわなと震えながら、すがりつくような眼つきで弟の顔を見守るばかりだ。

この茶店を取囲む参詣の人々のざわめきの中で、孫太夫も一学も、空間の一点に、むしろ虚ろな視線を投げたままだったが……。

それも一瞬のことだ。

言い合せたように、二人はパッと眼と眼を合せた。

四十二歳の孫太夫と、二十七歳の一学の、まるで仲のよい叔父と甥のような友情も、互いの主人の安否を気づかう苛らだちと、強烈な敵対意識の前に消え果てたかのような睨合いだった。

つぎの瞬間――ものも言わずに奥田孫太夫と清水一学は、茶店を飛出していた。一学も孫太夫も眼が据わっている。

二人ともギリギリと歯を噛み、あたりの人ごみを割って、江戸城を目ざし、気狂いのように境内を走り抜けていた。

上野介の立場

吉良上野介が、呉服橋の屋敷から、本所松坂町にある旗本、松平登之助の旧邸へ、突然に屋敷替えを申渡されたのは、その年の秋だった。

あの事件以後――上野介は、自分の子で、今は上杉家へ養子となって米沢十五万石の当主になっている綱憲を頼り、上杉家下屋敷への隠居願いを出していたのだが、これは聞きとどけられなかったものと見てよい。

浅野家没落の後、江戸市中の人気はすべて赤穂浪人に集まっていた。慾に目がくらんで弱いものいじめをした上に、幕府からは何の咎めもなく、のほほんと納まり返っていると、世間から上野介は見られている。

それに反し、赤穂五万石の家名をかけて刃傷に及んだ浅野長矩は、即日切腹の上、その家は取潰しになるという手きびしい裁断が幕府から下った。

喧嘩両成敗という掟が公儀にありながら、これでは丸で片手落ちだという同情も日毎に大きくなってきている。

将軍綱吉も、あのときの裁決を、今では悔んでいるように見える。

上野介は禄高こそ四千二百石にすぎないが、上杉家や薩摩の雄藩島津家とも親類の関係にあり職務柄、幕府での威勢も大きい。

将軍との関係についても、田舎大名の浅野長矩などとはくらべものにならないほど親密なものがあったし、時の老中として権力をふるっている柳沢美濃守とも遠い内縁つづきの間柄だ。

そうしたコネクションが、あの事件の中で、吉良上野介の身の上に有利に展開したことは否めない事実だろう。

勿論あのとき、上野介が内匠頭に殺されていたり、もっと重傷を負っていたりしたら、世上の評判も、これほど浅野一辺倒にかたむくこともなかったろうと思われる。

「本所と言えば、一口に江戸と言っても上総の国ではないか。お城に近い呉服橋から、そんなところへ屋敷替えをさせられるということは――これは何だな、御公儀も殿様を赤穂の浪人どもから護るという気持をなくしてしまわれたに違いない」

吉良家用人、松原多仲の、こうした言葉を借りるまでもなかった。

奉公人もどしどし暇をとって行くし、吉良領内で生産される物品を捌く問屋筋でも、あきらかに取引を渋りはじめてきたのである。

「今更、愚痴をこぼして、どうなるものでもあるまい」

上野介が、この春、内匠頭によって傷けられた額と肩の傷も、今は癒えている。

「諸々に手も廻しては見たが、こう不人気になってしもうては、どうにもならぬ――やれやれ、この年になって馬鹿な目を見るものじゃな」

一学に笑って見せたが、その上野介の笑いは硬張ったものだった。

上野介は、本所松坂町の屋敷へ移ると、ガックリと食慾もなくなり気力も失せて、終日床につくことが多くなった。

将軍や老中が、もう自分を庇ってくれなくなったことも原因の一つだが……。もっとも頼みにしている上杉家の態度が冷めたいのに、ひどく気落ちしたのである。

上杉綱憲は実父上野介を、一日も早くわが手に引取り、噂さしきりなる赤穂浪士の襲撃から護りたい気持で一杯なのだが、家老の千坂兵部は頑として許さない。養子だけに、上杉の名臣として天下に聞えた千坂の拒否を、綱憲も押し切ることは出来なかった。

しかし、千坂兵部は、上野介が本所へ移ると、すぐさま、小林平七以下二十数名の屈強な附人を送って来て屋敷内の警備を固めさせたのである。

そのとき千坂も附人達と共にやって来て、上野介に挨拶をしていったが、清水一学は思い切って、千坂に突込んでみた。

「近頃、世上の評判は、赤穂浪人の仇討が何時成るか、ということのみでございます」

「世の中とはそうしたものだ」

「それならば、御親類の上杉様が、苦境におたち遊ばす殿様をお捨ておきなさるのも世の常だとおっしゃいますか」

千坂は、でっぷりと肥った体を身じろぎもさせず、細く光る眼を射つけるように一学へ向けたまま黙り込んでしまった。

上野介は床に横たわり、ぼんやりと天井を見上げている。

今年六十一歳だが、以前は血色も良く、酒脱な風格があって、奉公人達へも気軽く冗談を言ったり、公務の余暇にには、歌、能などの会を次々に催しては楽しんでいた上野介だ。

火の消えたような寒々しい此頃の生活を主人はどんな気持で味わっているのだろうかと思うと、一学はたまらなくなり、構わずにつづけた。

「赤穂浪士は忠義者。わが殿は憎むべき敵だと、世の人々は、いとも簡単に決めてしまっております。世上の風に脅え、上杉家御家老のあなた様が、親類筋に当る吉良家の揉め事に巻込まれ、上杉十五万石に傷をつけてはとの御懸念も成程ごもっともながら――なれど、それでは余りにも、算盤のはじき方がハッキリしすぎてはおりませんか。手、手前は……」

「もうよい」

上野介が急に遮切った。

冷え冷えと晩秋の夕暮れが障子の向うから忍び寄って来ている。

部屋には三人きりだった。

本来なら千坂に対して、こんな口がきける身分ではない一学だが、千坂も、上野介がひどく一学を寵愛して身辺を離さないことをよく知っている。

千坂は、一学にむしろ好意の含まれた微笑を返してからゆっくり上野介へ向き直り、一礼すると、静かに、真情をこめ、

「わが上杉の御当主は、吉良様御実子にございます。何とぞ御賢察の上……」

「よい、わかっておる」

上野介は軽く右手を上げて、哀しげにうなずいた。

「わが子の身に、いささかでも迷惑をかけるのは、わしだとて厭なことじゃ」

千坂は首をたれた。

「よいよい。わしは、この屋敷で、狼どもがやって来るのを待っていよう」

「申上げます」

と、千坂。

「何じゃ？」

「私も、赤穂の狼どもに備える遠眼鏡、鉄砲の用意は、いささか致しております」

千坂は、いま京都郊外の山科に閑居（かんきょ）している赤穂浪人の首領、大石内蔵助の身辺にも密偵をやって、絶えず、その動向に眼を光らせている。

京や江戸に住む浪士達が大石を中心にして事を起そうとすれば、千坂が周到綿密に配置した探偵網の何処かへ、必ず引っかかる筈だった。

「それで、大石の動きはどうなのじゃ？」

上野介も、一学に手伝わせて半身を起した。

「は――日夜なんのこともなく――暇さえあれば、祇園島原などの遊所（ゆうしょ）を酒と女の香に溺れ、浮れ歩いているそうでございます」

上野介は、首をすくめて青くなった。

「大石内蔵助のすることではない。わざと目につくような、その遊びぶり浮れぶりは、そりゃ曲ものじゃぞ」

「心得えておりまする」

三人は沈黙した。

その沈黙の上に、どっしりと、大石内蔵助という人物の持つ不気味さが蔽いかぶさっているのだった。

「わしだけが、どうしてこんな苦しみをなめなくてはならぬのじゃ。癇癪持ちで、吝ん坊の気狂い犬に噛まれ、その上にまた世間から悪者扱いにされるとはのう」

その夜――例によって清水一学を側近く呼び、酒の相手をさせながら、吉良上野介は愚痴をこぼした。

何を食べてもうまくないし、眠る前に少し飲む酒が、一日のうちの僅かな楽しみになっている。

一学は毎夜、その相手をさせられるのだが、それは話相手という意味であって、事件この方、彼はキッパリと酒を断ってしまったのだ。

「のう一学。わしはな――わしは近いうちに隠居して吉良の領地へ別荘でもつくり、あの潮騒（しおさい）の音と、海の匂いに包まれて暮すことを楽しみにしておったのじゃ。そこへ、あの騒ぎじゃ――わしも運のよくない男よのう」

青ざめていた上野介の顔に、それでも酒が、いくらかの血の色を浮び上らせてきはじめた。

深沈たる夜気の中に、大蝋燭の火がまたたいている。

上野介の傍には、気に入りの侍女、お佐和（さわ）が控えていて、まめやかに世話をしていた。

床の間には山茶花（さざんか）が一りん二りん……。茶人である上野介の好みに生けられてあった。

お佐和が生けたものだ。

一学は、哀しげに、その床の間の白い花に見入っている上野介へ、

「今更申上げてもせんないことながら、殿は何故――何故、あの気狂い犬を相手になされたのでございます。放っておかれたが、よろしかったのでございます」

「そのことよ――いや、わしもな、大人気（おとなげ）ないことをしたと、今では思うこともあ

る」

「殿様にもお似合い遊ばされぬ、まずい算盤のはじき方でございました」

「ふふふ――また、お前の算盤談義が出たの」

一学は頭をかいて、

「十五歳の年まで吉良の酒問屋の小僧をしておりました。そのときの癖が、つい出てしまうのでございましょうか」

「フム。それよ、そのことよ。その、それぞれ人間が持っている癖というやつじゃ」

「は――？」

「つまりはあのときのこともじゃ。わしの癖と浅野の癖が、白と黒ほどの色違いにて、どうしても交じり合わなかったのじゃ」

上野介は「佐和」と呼んで、珍らしく酒のおかわりを命じてから、

「内匠頭は名うての吝嗇者。大名の癖に、いえば台所の糠味噌にまで自ら手を出さねば気のすまぬ男じゃ。それにまた輪をかけた頑固者、短気者ときておる。――そしてこのわしは、融通の利かぬ人間が大嫌いな性分ゆえなあ」

成程、交際好きな上野介から見れば、浅野内匠頭は吝嗇者に見えるかも知れない。

内匠頭が勅使饗応役をつとめたのは今度が初めてではなかった。

十八年前の天和三年、十七歳のときにも、やはり上野介の指導によって無事につとめている。このときは若年だけに、江戸家老その他重役の取計(とりはから)いによって大事を引起すこともなかったのだ。

武家大名の世界も、元禄の世ともなると、制度や政治経済の機構が複雑にからみ合ってきていて、戦国時代の侍のように槍一本あれば、という簡単なものではなくなっている。

賄賂(わいろ)というものは交際、生活の上に必然的なものであり、勅使饗応役という大役をつとめる為の出費(しゅっぴ)が小さなものでないことは当り前のことになっていた。

十八年前とくらべて物価も高くなっているし、どうしても千二、三百両の物入りなのを、内匠頭は八百両そこそこの予算で切上げようとして、上野介にその明細書の検分(けんぶん)を願出たものである。

浅野家は表高五万三千石だが、領内で産出される塩は有名なもので、実収は、はるかにそれを上廻り、代々裕福の家柄だ。

それが何故？——などと、くどい説明も要るまい。

世の中には物ごとを倹約することを非常に好ましく思っている人間がいる。内匠頭もそういう性質の人だったのであろう。

もちろん倹約は悪いことではない。

内匠頭にしても千二、三百両かかるところを八百両で切上げることが出来れば、幕府から強いられた不時の出費を出来る限り食い止め得たというよろこびもあるだろうし、小藩の領主としての経済的な手腕も発揮出来て、家来達にも鼻が高いというところもあったろう。

しかし、賄賂横行が礼儀交際の常識となっているような世の中に生れたことは、内匠頭にも不幸だった。

「物入り物入りというが、これは例年のことじゃ。接待役をお受けしたからには、いさぎよく金を出すべきではないか」

という上野介の言い分も尤もなのである。

たとえば勅使休息所の畳替えにしてもそうだった。

内匠頭は、その畳表、畳のへりまで切詰めて安く上げようとする。上野介は例年通りにさせたい。

もし後になって、あの畳表は何事だということになれば、指南役の上野介の責任となるわけだ。一事が万事、この調子で、二人は一日ごとに胸の中にわだかまる確執を深めていったのである。

「いかなわしでも、いいかげん皮肉の一つも言うてやりたくなるではないか。それを浅野がまた本気になって怒りおる。その怒り方がまたハッキリとな、あの松の根っこのような顔かたちに現われるので、わしもまた、ちょいとからかいたくなる」

上野介は苦笑して、

「それが積り積ってあの騒ぎじゃ」

「世上の噂さは、殿が浅野の進物が少いのにお怒りなされて、事々に意地悪くおなぶりなされたと……」

一学が口惜しそうに言うのへ、上野介は、

「ふん——それが吝ん坊のヒガミと申すものじゃ。ケチはおのれのケチを誰よりもよく知っておるものじゃ。ケチケチしたという退け目を押隠そうとして、みずからあらぬ言いがかりをつけるのじゃよ」

上野介は首を振り、

「馬鹿なことじゃ。あんなことで浅野は断絶——わしも食べるには困らぬが、この苦しみをなめねばならぬ」

何時、自分の首を狙って赤穂の狼どもが襲いかかって来るだろうか……。

この恐怖と不安が、上野介の顔に、時折どす黒く浮いて出る。

お佐和が酒を持って入って来たが、上野介は、もう盃をとろうともせず、蒲団を引かぶって横になると、

「一学。今夜も宿直してくれるのじゃな」

と、念を押した。

蒲団からのぞいた両眼が、子供のようにキョロキョロと、幼なく恐怖におびえていた。

「御安心下さい。次の間に控えております」

ふと見ると、お佐和が、じいっと自分の顔を見つめているのに気づいた。

細面ながら、かなり彫(ほり)の深い、しっかりした顔立ちのお佐和である。

近頃は奉公人の出入りにも充分注意をしているが——お佐和は吉良家出入りの商人で、上野介にも信頼されている近江屋源兵衛の縁籍(えんせき)の女だそうで、三ヵ月ほど前に屋敷へ上ったものだ。

気働きが人一倍すぐれていたし、琴のたしなみもあり、万事によく行届くので、上野介はたちまち気に入り、

「佐和、佐和——」

と呼びつづけで、自分の世話をさせるようになった。

しぜん一学とも顔を合せることが多い。

無駄口もきかぬし、することはキチンとしてくれるので、一学もお佐和を信頼し

ている。

いざというときの注意まで打明けて言いきかせもした。

一学が女に親切なのはお佐和ばかりではない。屋敷内の侍女から台所に働く女中にまで、人気がある。

武士の生れではないだけに下のことによく気をつけて温くいたわってやるし、上野介に言上(ごんじょう)して女達が暮しよいように屋敷内の空気を変えてもやる。

これは酒乱の父親に、母も姉も苦しめつづけられたことを子供のときから眼の前に、さんざん見てきているからだろう。

父親は一学が十一歳の夏に死んだが、そのときは村の庄屋の一人だった家の、田も畑も、みな抵当(ていとう)に入ってしまっていた。

母が死んだ後も不幸は去らず、一度嫁に行った姉のおまきも、また良人に病死され、子供を抱えて、随分苦労をしたものである。

女の不幸が身に泌みているので、一学は女に対してはどうも弱いのだった。

(男というものは女を不幸にしてはならん)と、みずから言いきかせてきている。

だが、それにしても近頃、お佐和が一学を見る眼のいろは尋常でないようだ。つつましく懸命に隠そうとしてはいるがうるんだ情熱の光りが潜んでいて、それが一学にも何となくわかるのである。

(佐和どのは、おれに惚れているのかな?)

満更でもない気持だった。

(おれは、お佐和どのの顔を何処かで一度、前に見たことがあるような気がするのだが……)

しかし、今の一学には、お佐和の情熱をさぐり、引出して見ようという余裕はない。

一学は、毎日毎夜、眼に見えぬ敵に対して必死だった。

(酒もいかん。親父と同じようになる)

と思いつつも仲々止められなかった酒を断ったのもその為である。

一学の立場

清水一学が吉良上野介に見出(みいだ)されたのは、彼が十七歳の春だ。

上野介は年一度は領地の吉良へ帰って来るが、捌(さば)けていて気軽な性格だけに、領内の商人達を呼び、直き直きに経済上の意見を聞くことも多い。

一学が奉公していた酒問屋の三州屋とはよく気が合って、領内の富を増やし領民を豊かに暮させてやろうという領主の気持が、そのまま三州屋にも反映(はんえい)して、一学はよく主人から、

「吉良領内の民百姓は殿様の為なら何時命を投出しても惜しくはないと思うとる。ああいう殿様を御領主様にもった我々はまことに幸せものじゃぞ。藤作よ、われもこのことを忘れるな。ええか――」

何度も言いきかされたものだ。

三州屋の上野介へ抱く尊崇(そんすう)の念が、そのまま少年の一学に伝わったことは言うまでもない。

（おれも一度は殿様の下で働いてみてえな）

下男でも足軽でもよい。

いや、何よりも偉い殿様の住む江戸へ行って働けたら……。

（江戸へ行ってみてえなあ、江戸へ……）

将軍御膝元の江戸――。その花やかな幻影は少年の一学の脳裡から片時も消えることがない。

思い余って主人の三州屋に頼んでみたが、むろん許してはくれない。少年のくせに酒好きな一学を手離したくなかったのも、三州屋は一学の才能を見込んでいたからだ。

すると一学は、翌年の秋に領地へやって来た上野介の駕籠へ、道端の木蔭から躍り出して直訴をやったのである。

使ってみてくれ、精一杯働きますと泣き喚きながら嘆願したのだ。

「おもしろい小僧じゃ。そんなにわしがところへ来たいのか」

まだ上野介が五十を越えたばかりのときのことである。

ハキハキと物怖じもせずに、ひた向きな眼を自分に据え、油汗をびっしょりかい

て懸命に訴える悧潑(りはつ)そうな少年を、一目で上野介は気に入り、

「よしよし、何とか計ろうてやろう」

こうなれば三州屋も否やはなかった。

半年ほど領地代官所の走り使いをさせた上で、一学は江戸の吉良邸へ引取られた。

上野介が試みに学問をさせて見ると、熱心に打込んで勉強するし、このままでは惜しいような気もして、一学が十九歳になった元禄七年の正月――市ヶ谷の堀内道場へ通わせることにした。

これがまた手筋がよい。

当時は、高田の馬場で勇名をとどろかした中山安兵衛も道場にいたし、むろん奥田孫太夫もいた。安兵衛が後に浅野家へ仕えて堀部安兵衛となったのも因縁(いんねん)というものであろうか。

一学は、この人達に可愛がられ、めきめきと腕を上げて、二十三歳の夏には免許をとってしまった。

この年に上野介は、青年藤作に清水一学の名を与えて若党に取り立ててやった。翌年には中小姓に上げてやり三両一人扶持(ぶち)の俸給を与え、さらに元禄十二年の春には中小姓の頭に抜き上げ、寵愛(ちょうあい)の度は深くなるばかりだったのである。一学は、次第に屋敷内の経理までも任せられるようになった。

上野介は、一学の何処が気に入ったのであろうか――。

一学が、将軍にも大名にも顔がきく自分の威勢を頼みに、激しい出世への意欲(いよく)を湧かせ、一心に勤めを励む意欲を好ましいと見たのである。酒の上の失敗も、自制(じせい)によって年毎に改めているようだし、

(行く行くは綱憲に頼み、上杉の禄を食ませてやるようにしてもよいな)

ひそかに、上野介はそう思っていたものだ。

(経済を見る眼もしっかりしておる。これからの侍というものはこれでなくてはならぬ)

腹心の一学を上杉か島津か――どこにでも自分にとって有利な大名の家へ入れて芽を出させてやることは、老いて行く上野介にとっても悪くない駈引(かけひき)である。

そんな打算と一緒に、主従の仲は、互いの人間性にひかれ合い、日毎に親密の度を加えていったのだ。

だから一学も……。

(殿様の引立がなくては、おれの出世も水の泡だ。殿様なくして清水一学などというものはあり得ないのだ。——殿様の為にも、おれ自身の為にも何処までも生き抜かねばならん)

その自信はあった。

元禄十四年も暮れようとする或日——上野介が、ふと冗談ともつかず真面目ともつかぬ異様な表情で一学を凝視しながら、

「ときに一学。赤穂の狼どもが討入って来たら、お前どうする? わしの為に命を捨ててくれるかな?」

そんな探りを入れてきたときにも、

「いえ——殿も私も死にませぬ。そのように私は信じております」

「狼どもの牙にかかってもか?」

「山ごもりしている狼どもも、餌がなくなれば一固まりになってはおられますまい。それぞれに、その日その日の餌(えさ)を求め、散り散りになるより仕方はございません」

浅野家臣が赤穂開城の際に受取った分配金は、百石につき二十四両である。

現在、大石内蔵助を中心に固まっている浪士達五十余人の大半は五十石にも満たない軽輩で、その浪人暮しも、一学の計算によれば一年か一年半がやっとのことだ。

「その間、みじんも隙を見せずに御屋敷の警備を固めておれば――いずれ彼等の団(だん)結(けつ)が弱まることは必定(ひつじょう)でございます。それが人間の弱さ――何事にも金がなくては……」

大石内蔵助という男の立派さ大きさについては、あの事件が起る前から心ある人々の間に隠然(いんぜん)たる風評があったし、千坂兵部も、上野介も息をのんで大石の出方を見守っている。

しかし、大石は格別に同志団結の為の資金を他から獲得(かくとく)した様子もなく、相変らず、京に山科に、のどかな毎日を送っているらしい。

　そればかりか、この年の暮に至って数名の脱退者が出たことが、千坂の手によって探り出された。

「あと一年――いや伸びても一年半。私は殿をお護りして懸命に働きまする。何処から見ても非の打ちどころのない警備(けいび)をゆるめることがなければ、彼等とても、みすみす無茶な血気にはやることはございますまい」

「そうか――成程のう」

「私とても、殿に、もっともっと永生きをして頂かねばお終いでございます。せっかくお引立にあずかりましても、このまま萎(しぼ)んでしまうのは厭でございます」

「ハッキリと申すやつじゃ」

「恐れ入ります」

「よいよい。人間というものは互いにに利益し合い、互いに身を立てて行くのが正道じゃとわしは思うておる」

　上野介も久しぶりに生色を取戻したようで、

「生きようのう。どこまでも生きのびよう――のう一学……」

師走の、鏡のように冷めたく晴れ渡った空を広縁から眺めて呟やいた上野介の頬に、ひとすじの涙の痕があった。

（お淋しいのだなあ、殿も……）

さすがに一学も胸が一杯になった。百姓上りの自分が、昔は神のようにあがめていた領主から、今こうして分隔てなく親しげな会話を交すことの出来るのが今になって夢のように想われてきた。

そして上野介が自分に対する度量の広さに、胸をうたれずにはいられなかったのだ。

翌元禄十五年の正月になると、千坂兵部は新たに附人を二十数名も送ってよこした。

父親思いの上杉綱憲も上杉家の当主だけに上野介を見舞うことも自由にならない。綱憲の要請もあったのだろうが、千坂も一学と同じく、あと一年を山と見ているに違いなかった。

浪士達の京と江戸への往来にも、千坂からの密偵の眼は絶えず光った。

一学は附人頭の小林平七と計り、附人達の剣術の稽古も日課にして励行させ、自分もまた堀内道場へ通っては錬磨をつづけた。

しかし、道場へ通うことは辛かった。

奥田孫太夫とも会えるわけがなかったし、それに道場の朋友、先輩達の眼は、いずれも、

(吉良の犬め!!)

というさげすみと憎しみの色に、冷めたく変ってきている。その変り方というものは実に鮮かなものだといってよい。

去年の刃傷事件以来、それこそ一夜のうちにといってよいほどに、ガラリと変った。

世間の人気は、評判は——そのまま堀内道場に反映している。

第一、もう一学の相手になって稽古することを、誰も彼も厭がった。

代稽古の宍戸半平という男だけが、よく練れていて、一学と立合ってくれる。

師匠の堀内源太左衛門もこの点は同じであの事件については一切口にふれず、と

きたま一学を教えてくれる態度に少しも前と変るところがない。

そのうちに宍戸半平が言った。

「一学。このままでは、おぬし、あたら一生を闇にほうむることになるぞ――俺もいろいろと考えたんだがな、どうかな。吉良様に暇をもらい、剣の道ひとつで世を渡ってみては――」

「主人に後足で砂をかけて剣術がうまくなりますかな」

「これ、そういうな。今のありさまでは到底、吉良様の評判に勝目はない。俺はな、おぬしの腕が惜しいから言うんだ」

「お心入れ、有難う存じます」

それっきり、一学は道場へ行かなくなった。

（今に見ていろ。仇討が出来ずに散り散りになった赤穂浪士が、世間からどんな悪評をこうむるか――そのときこそ俺は、道場の連中の前で、堂々と言うべきことを言ってやる）

奥田孫太夫や堀部安兵衛など堀内道場出身の浪士は、道場の剣士の間で、もはや英雄化されてしまっている。

「討入りの場合、まず吉良奴の首をとるのは安兵衛殿だろうよ」

「いや孫太夫殿だ。決まっとるわい」

一学へ聞えよがしに言う者もいるのだ。

「と、なると……清水はどっちに斬られるかな」

と声をひそめる奴もいるのだ。

時は流れ、日は過ぎて行った。

一学は、一日たりとも上野介寝所の隣室へ宿直する勤務を休んだことはなかった。

出入りの商人、奉公人への監視も厳しくした。

だから尚更、台所の女中や下男などが減るばかりで、不人気の吉良邸へ新らしく奉公する者はいない。

吉良家で働いていると勘当されるからと、暇をとっていった侍女も数人あった。

一学は故郷へ急を告げた。

上野介は領地吉良に於ては名君である。

吉良のものは競って、江戸屋敷への奉公を願い出た。

代官唐沢半七らの選抜（せんばつ）により、一学の姉おまきが、男女十人ほどの奉公人をつれて江戸へ上って来たのは、この年の晩春である。

これは上野介をよろこばせた。

邸内の警衛も充分に行きわたっているし、上野介も、ようやく愁眉を開きはじめた。

食もすすみ、血色もよくなり、少しずつ肥ってもきた。

「わしの為にという志は有難いが――なれどお前も可哀想じゃ。好きなものゆえ少しはやってみよ」

上野介が、たまにそう言ってくれても、一学は酒に手を出さない。

京での大石の放蕩（ほうとう）が、近頃はことに激しくなり、その為に、江戸にいる浪士達との間がうまく行かなくなって、浪士達の団結も大分動揺しているとの情報が入ってきた。

これを聞くと、上野介は久しぶりに酒宴をひらき、邸内の人々を慰労したいと言い出したが、

「なりませぬ。寸時の油断が大事をまねきまする。今しばらくの御辛抱でございます」

清水一学は、断固として上野介を押えてしまった。

嘘

それは、まだ残暑のきびしい或日の午後で、清水一学は所用あって外出し、日本橋の橋詰の雑沓の中に、奥田孫太夫を見出した。

気づかれた様子もないのを幸いに、一学は孫太夫の後をつけた。

懐しさと警戒心が入り交じって、何とも奇妙な感情のままに、一学は孫太夫の後から永代橋を渡り、深川へ入った。

孫太夫は、小兵ながらガッシリと引締まった体を小ざっぱりした衣服に包み、相

変らず精悍な足どりで歩いて行く。

その少しも浪人暮しの垢がついていないような自信に満ちた風采態度が、一学を圧倒した。

(やはり心は決まっているのだ)

一学の背筋を冷めたいものが走った。

(何、負けるものか。よし何処までもつけてみよう。何か探り出せるかも知れん)

だが、黒江町の富岡八幡一ノ鳥居のあたりで、一学は孫太夫を見失った。

あわてて門前町の人ごみへ分け入り、きょろきょろと見廻したが、見えない。

一学は、二ノ鳥居の傍から八幡宮の表門を入り、流れに懸けられた反り橋を渡った。

宏大な境内にも茶屋が立並び、三ノ鳥居の彼方に、社殿の甍が強い陽を浴びて光っている。

(何処へ行ったか……?)

暑い夏の午後で、境内はそれほど混雑してはいないが、孫太夫の姿を見出すことは出来なかった。

半ば諦めかけ、一学が、絵馬堂(えまどう)の裏にある木蔭の茶店で休もうと、歩みかけたとたんである。

一学の肩に手を置いたものがある。

ギョッとして、一学は飛退った。

孫太夫の顔が、うすく汗を浮べて眼の前にあった。

「つけて来たのか」

と、孫太夫は言った。

「………」

「おれを憎いと思うか？」

「手前を憎いと思われますか？」

「誰が憎いと言った。ひがむな」

「奥田殿。あなたの立場は、ひがまんですむ立場だ」

「ま、よい。久しぶりだ。向うで休もうよ」

茶店には余り客もなく、老人の祭文語り(さいもんかた)が遅い弁当を使っているだけだ。

腰かけにかけ、茶を注文すると孫太夫は、

「あのときのことを思い出すな、一学。愛宕権現の茶店だった」

明るい声である。

一学は警戒をゆるめなかった。

そして孫太夫と、どうしても打解（うちと）けて語り合えなくなっている今の自分を、何か憐れに感じた。

あたりの木立から蟬の声が降るように聞えている。

しばらくの間、二人は黙って茶を飲んだ。

「これで失礼します」

やがて、一学が腰を上げると、

「もう行くのか」

「またお目にかかることもありましょう」

「そうだな……」

孫太夫の澄んだ眼に、このとき灰色のかげりがチラリとよぎった。

「なあ、一学――」

「はあ?」

「おぬしの立場は察している。しかしだ」

と孫太夫は、何気なく懐中の煙草入れを取り出し、

「赤穂浪人のうち、少くとも、このおれはな――おれは、吉良殿の首が欲しいなどとは思っておらぬ」

一学は苦笑した。

「信じろと言われますか、そりゃ無理だ」

「何故だ?」

「何故あなたは、手前が訊きもせぬのに、そのようなことを言い出されます?」

「浪人暮しは苦しいものだ。今はもう誰も、そのような夢を見ているものはおらぬよ。天下を騒がし公儀の大罪人となってまで、吉良殿の首をほしいとは思わぬ――人間誰しも命は惜しい。月日の流れは復讐の執念など、わけもなく押し流してしまうものだ」

孫太夫の声には、わびしい実感がこもっているようにみえる。

しかし、一学は、尚も鋭く追求した。

「手前の存じ上げている奥田孫太夫殿は、そのようなことを口に出されぬ武士でした」

「今は違うわ。垢がついてな」

「嘘の大嫌いなあなたが、そのような嘘をついてまでも、手前どもを油断させたいのか」

孫太夫の眼球が裂けるようにむき出しになった。

人懐っこく自分を慕ってくれた百姓上りの青年武士に——好感を持ってはいたが心の底ではなめてかかっていた自分を初めて発見し、孫太夫は舌打ちしたい思いだった。

（失敗った。よしないことを言ってしまったわい）

一学は黄色い帷子の汗が滲んだ背を向けて歩みかけたが、そのまま、振向きもせずに言った。

「追われる者ばかりではない。追う者にも苦しみはあるのですな」

「………」

「手前はあなたが好きでした。百姓上りの手前を少しも軽く見ることなく、親切に、いろいろとお教え下さいましたな――一学、改めて……」

一学は振向き、

「改めてお礼申し上げます」

孫太夫の虚ろな瞳は、すぐに一学の姿を見失ってしまっていた。

それから半刻（一時間）ほど後――奥田孫太夫の姿を、八幡宮から程近い、亀久橋附近の船宿の一室に見出すことが出来る。

孫太夫と向い合っている女は、お佐和だった。

お佐和は孫太夫の妹なのである。あの事件が起ったときには国許にいたものだ。

そのお佐和が吉良邸に……。

言うまでもなく、お佐和は赤穂浪士達が、吉良の身辺に放った唯ひとりの密偵だった。

「今日は――？」

と孫太夫。

「宿下りをいただいてまいりました」

お佐和の顔は仮面のように、白い、動かない表情があるばかりだ。

「この前の、お前が書いてよこしたあの絵図面（えずめん）では駄目だ。もっとくわしい、屋敷の隅々までを余すところなく記したものが慾しいのだ。わかるな」

お佐和の唇もとが苦渋に歪んだ。

孫太夫もすばやく、それを見てとり、やさしく、

「妹――苦労はおれも察している。しかし、綿密な屋敷の図面がなくては、討入りの作戦をたてることが出来ぬのだ」

お佐和を吉良邸に世話した近江屋源兵衛は、浪士の一人、大高源吾との俳句友達で、気骨に富んだ男である。

絵図面ばかりでなく、吉良邸内の警備状況その他を探り出す為の密偵を、たとえ一人でも潜入させなくてはならないと決まったとき、大高源吾は熟考（じゅっこう）の末、近江屋の人物を見込んで、大石内蔵助に計った。

やがて——源吾は江戸へ戻り、近江屋と会い、すべてをぶちまけて協力を求めた。

そのときの近江屋に、少しでもうなずけない挙動があれば、即座に斬捨てる決心だったのだ。

何となれば近江屋も、吉良家出入りの商人で、上野介とも親しい間柄だったからである。

だが、近江屋は、源吾から内蔵助の決意を聞き、

「大石様はじめ赤穂の方々は、ひとえに浅野家再興を願い、故内匠頭の弟君、大学様をもって御家再興を御公儀に嘆願なされておられますとか——もしそれが目出度く許されましたときは、吉良様のお首はとらぬと申されますのか」

「いかにも左様だ」

「そして再興成らぬときは、討入の御覚悟——」

「左様——」

そうなれば、いよいよ喧嘩両成敗の法度を曲げての公儀の裁決に、断固たる抗議を示す為に、吉良の首級をあげようと言うのである。

その大石の決意は単なる主人の恨みをはらすということではない。天下政道は正しくなくてはならぬという信念を幕府に、将軍に叩きつけるという精神が脈を打っている。

そこまで聞いてから、近江屋は、

「お引受け申しましょう」

しっかりと答えてくれたのだ。

「佐和――お前は、浅野家臣五十余人の与望を、その一身に背負っておるのだぞ。わかっておるな」

お佐和は、急に叫んだ。

「兄上!! もう駄目でございます。佐和は、もうこれ以上、何の働きも出来ませぬ」

「何だと!!」

「あの御屋敷に暮しておりますと、敵を――敵を憎む心が、日一日と薄れ、心が弱まってくるばかりなのです」

お佐和は声を殺して、泣きむせんだ。

その嫋（しな）やかな体を包んでいる小袖――山葡萄を染抜いた小袖も、上野介が特別にこしらえてくれたものだ。

出入りの絵師を呼んでは、その小袖の図柄をいろいろと案じ、

「これはどうじゃ？　ふむ、ちょいと面白いの」

ひとりで興じながら注文を出したり、みずから工夫してみたり、上野介は、この気に入りの侍女（じじょ）を飾りたててやることに、淋しい毎日の慰めを見出しているようなのだ。

「佐和どのが来られて本当によかった。手前も有難く思っている。くれぐれも殿のお身に気をつけられ、充分に御奉公願いたい」

と、清水一学も、やさしく言ってくれる。

先日もふと、上野介が、

「どうじゃな？　佐和――一学をどう思うな、そなたは――」

「はい？」

「親切な、気持のさわやかな男じゃろう？」

「は、はい――」

「どうじゃ。何時の日か、あの男に嫁いでみては――」

「ま……」

カーッと全身に血が湧くのが、自分でもわかった。

「よいよい。わしも考えておる」

快ろよげに、上野介は、お佐和に慈愛の眼なざしを投げてよこした。

板ばさみの苦しさに、お佐和は居ても立ってもいられない気持で、吉良邸に暮している。

上野介の傍に、一学の傍に、親しく暮せば暮すほど……固苦しい武家の社会にはないといってもよい、この主従の情愛もわかってきたし、あの刃傷(にんじょう)についても、上野介のみを責めることは出来ないという気持に、どうしてもなってくるのだ。

「佐和。もう一息だ。頼む、な、頼む――お前だとて、このことが単なる仇討ちではないということが、よく判っている筈だ」

「はい……」

「清水一学にも会うことがあるか？　気取られはしまいな？」

「——はい……」

「よし。とにかく踏張ってくれい。お前の働き一つに、大石様はじめ、われら四十余人のものの武士の命が賭けられているのだ。これを忘れるなよ」

女ひとりへの大任である。孫太夫も妹を可哀想だと思うのだが、こうなっては気強く励まして押切るより他はなかった。

お佐和は、また吉良邸へ戻って行った。

十二月十五日

吉良上野介が、年忘れの茶会を催したいと言出したのは、十一月も押詰まってからである。急に思い立って矢も楯もたまらなくなったのだ。

このころになると、かなり情勢は変ってきていた。

何時までたっても、赤穂浪士の討入る様子はないし、世上の噂さにも飽きが見えて、

（大石内蔵助も案外の人物だ）とか、

（浪人の垢がつくと、刀を抜く気力も失せるものと見える）などと浪士達への風当りも冷めたくなってきた。

それにまた、上野介への不人気も騒がしくなくなり、前には屋敷の塀と言わず門と言わず、ベタベタと上野介を弾劾する狂句が貼りつけられていたものだが、それも近頃は全くなくなっている。

熱するのも冷めるのも早い江戸の町民達も、赤穂浪士の仇討には飽きてしまったらしい。

最近になって、山科から大石内蔵助が江戸へ出て来たが、これは明年の故内匠頭三回忌の法要について、赤坂今井に住む内匠頭未亡人の瑤泉院と打合せをする為らしい。

事実、内蔵助は、二度ほど赤坂へ出向いたきり、あとは川崎在の庄屋の離れに、のんべんだらりと日を送っている。たまには近くの川へ魚釣りに出かけるのがセキの山だ。

浪士達との往来もないようだった。

千坂兵部も、その探偵網から入る情報から、

（もはや仇討の心はないものと見てよかろう）と判断したらしい。

と同時に、千坂は綱憲と計って、上野介を上杉家下屋敷へ引取ることを幕府に願出た。

幕府も世上の評判が、とみに無関心になっているのを知っていたし、これは即座に許され、翌元禄十六年の春早々に、上野介は上杉家へ隠居と決ったのである。

上野介の安堵と喜びは、絶大なものがあったと言ってよい。

「もうこれでよい。大安心じゃ」

浮き浮きと、上野介は、永らく息の詰まるような生活をつづけていたのだし、この屋敷とも別れるについては、昔から馴染みの茶、能、俳句などの友達を集め、年忘れの茶会を盛大におしたいと言い出したのである。

誰も彼も、愁眉をひらいて賛成した。

千坂兵部からも、

「吉良の殿も、よく永い間、淋しさに耐えておられたのだ。それ位はよろしかろ

う」

　という賛意が届けられた。

　ただひとり、反対意見を執拗に固持しつづける清水一学に、上野介は、

「わしの心も察してくれ。この二年というもの、わしは世間の不人気と浪人達の襲撃を避ける為、一歩たりとも、この屋敷内から外へ出たことはないのじゃ——陽の落ちぬ間を拾っては、わずかに庭を歩き空を眺めるのみじゃった」

「そ、それは、手前もよくわかっております」

「わしは淋しいのだ。たまには——たまには茶会を催して楽しみ、久しく会わなんだ人々と共に語り合うのが何故悪い」

　用人の松原も、附人頭の小林平七も、一学の神経質な警戒心を一笑に附してしまった。

「たかが一夜のこと。まして大勢の来客中に浪士共が討入る筈はないではないか」

　と、松原用人は言う。

　一学は、そのあとが問題だと思っている。

久しぶりの宴会だ。酒も出る、唄も出よう。

その夜は屋敷内の緊張（きんちょう）がゆるむのは必定である。

まして近頃は、五十余人の附人達も浪士達の討入りが無いものと決めてしまっている風が見える。

日課の武道鍛錬も怠けるものが増える一方だし、小林平七なども、

「全くなあ。転げ込んで来もせぬ獲物を待って、大げさに罠（わな）を仕かけているのも、これは一寸見っともない。世間の物笑いにもなりかかっとるところだしな」

などと豪放に笑飛ばす仕末だ。

（油断は出来ん。決して緊張をゆるめてはならん）

一学は、この夏、深川で会ったときの奥田孫太夫の一挙一動や、その眼の底に潜む決意や、あのときの言葉、声の一つ一つを忘れ切ることが出来ない。

一学は、茶会の日が十二月十四日と決まり、招待状が発せられてからも、尚日夜、上野介を説いて倦（う）むことを知らなかった。

「大石は、寸毫（すんごう）の気のゆるみを狙って待っておるに違いありません。この際、僅か

な隙を見せることは、彼等に誘いをかけるようなものでございます。第一、浪士達は、殿がこの御屋敷に暮しているか、又は上杉家にかくまわれているか、どちらが本当かと迷うておるに違いありませぬ。茶会など催しては、みすみす殿の所在を相手に知らすようなものではございませぬか」

「わしの身を思うてくれるは有難い。なれど一学。お前も近頃は気を使いすぎるようじゃ。そこまで気を張りつめては体がもたぬ」

終いには上野介も、一学をうるさがりはじめた。

何よりも明年早々に上杉十五万石の翼の下で、安らかに憩(いこ)うことが出来るという安心が、上野介の恐怖を、きれいに拭いとってしまったらしい。

そして、一学に会うことを、つとめて避けるようになった。何かにつけ「上杉が――綱憲が――千坂が……」こう言ってくれた、ああ言ってくれたと、上杉家の取(とり)計(はから)いを頼り切り信じ切っている。

(殿は、もうおれの殿ではなくなってしまったのだな)

淋しく哀しかった。しかし、お佐和だけは唯一の味方である。

「恐ろしい斬合いなどは厭でございます。清水様、こちら方が警護の眼を光らせておけば、浅野の方々も討入っては来ますまい。このつり合いが少しでも破れれば……それを考えると恐ろしゅうございます。殿様にも赤穂の方々にも――それから……」

「それから?」

「は……それから清水様にも――私は無事でいて頂きたいと思います。この平穏な世の中に、もう血を見ることは厭でございますもの」

お佐和の声には異様なまでに、真情があふれていた。

しかし彼女は、孫太夫の強引な催促によって屋敷の絵図面を書き近江屋を通じて渡してしまってあるのだった。

ただその絵図面の上野介寝所附近の間どりには若干の変更がほどこされてあったのである。それだとて討入りがあれば何のことはない。

刃と刃が噛み会い、血が飛び、一学も兄も獣のように闘い合わなくてはならないのだ。

このままで――このままで時が過ぎ、月日が経過すれば、そのうちに、どちらからともなく諦らめがついてくるであろう――と彼女は切実に願ってやまないのだ。

十二月に入ると附人のうち二十名ほどが、上杉家へ戻されて行った。

千坂兵部も、よくよく赤穂浪士の動向に警戒心を解いてしまったものと見える。

茶会の準備と平行して、上杉屋敷への移転の仕度が進められ、邸内には賑やかな活気と笑声が、みなぎり渡った。

姉のおまきさえも、一学に、

「もう大丈夫。来年には、みんなも吉良へ帰ってもよいそうな――」

などと、浮き浮きしているのだ。

一学は、また酒を飲みはじめた。

何も彼も馬鹿々々しくなってしまい、彼は、上野介が上杉へ移れば、自分も両刀を捨てて故郷へ姉と共に帰ろうと思ってもいた。

のこのこと上野介にくっついて上杉屋敷へ行ったところで、一学の立場はもうあるまい。肩身を狭くして厭な思いをするだけである。

一学は、この屋敷で、自分の手で、上野介を護り抜き、何時までも上野介に甘えていたかったのだ。

元禄十五年十二月十四日——茶会(ちゃかい)の当日である。

盛会だった宴は申(さる)の刻（午後四時）に始まり、戌の下刻（午後九時）頃に終った。

三日前からの雪で、江戸中の名だたる茶人達が続々と吉良邸へ集まり、茶会は何時か雪見の宴になる。

屋敷内の灯は燦然(さんぜん)と輝き、家来も女中も喜々として立働いた。

附人達一同にも酒肴が出され、大いに慰労(いろう)された。

宴会の後片づけを終り、おまきが一学の長屋へ戻って寝についたのは、十五日の午前一時すぎだったろう。

一学は、今日も酒の匂いが一杯にこもる居室で蒲団を引かぶって、不貞寝をしている。

（考えてみりゃ、弟も可哀想ずらよ。あんなに一生懸命、殿さまのお為にと働いて来たのになあ――）

酔って暴れ廻り、おまきの髪を掴んで引擦り廻したことも、この十日ほどの間に、三度はあった。

おまきは、これを機に、弟が、父親と同じような転落の途をたどるように思えて、それだけが不安で、心配でならなかったのだ。

溜息をつきつき、水差しを弟の枕もとへ運び、次の間の床へ入り、とろとろと眠りかけて間もなく、おまきは、吉良の海の潮騒を夢うつつに聞いたように思った。

と――激しく連打された太鼓の音が、彼女を眠りから醒ました。

潮騒の声と思ったのは、多勢の人々の喚声である。

（討入り――？）

ガタガタと震えながら境の襖を明けて見て、おまきは仰天した。

一学が、ひょろつく足を踏みしめ、身仕度にかかっている。

灯は消されているが、何時の間に開けたのか、邸の庭に面した雨戸が開かれ、そこから青白い月光が室内に流れ込んでいる。

雪は全く止んでいた。

「藤、藤作!!」

「姉さんか。来たよ」

「エッ？　やっぱり……」

「言わんことじゃない」

と、一学は歯がみをして、下緒(さげお)を引抜き襷に廻しながら、

「見ろ、見ろ!!　この、この戦さは負けだ」

「お前、斬合いに行くのかえ？　およし、こうなったらもう、私はお前を危い目に会わせたくはない」

「故郷へ帰って百姓をするつもりでいたが――どうも殿様を捨て切れん。姉さん、人間というものは、到底算盤の言う通りには動けんものだな」

「行くのか。どうしても行くのかえ――」

「殿様を逃がして、おれも逃げる。姉さんは此処にじっとしとれ。女子供には手をかけまい」

一学は外へ躍り出た。

一学の長屋は裏門の北側にあった。

この屋敷は南北七十三間、東西は三十四間余、坪数は二千五百五十余坪という宏大な面積である。

邸内は早くも、逃げまどう女達の叫び声や、表裏の両門から一散に母屋へ乱入した浪士達と、狼狽しつつ、これを迎え撃つ附人との争闘が、凄まじい響きを巻き起していた。

一面の白銀を蹴って庭先へ躍り出し、斬合う人々の姿が、冴え返った月光を浴びて、其処に彼処に、くっきりと見える。

久しぶりの酒宴に気がゆるみ、後で判ったことだが、この夜は、上野介の寝所隣りの宿直部屋にも、誰一人詰めてはいなかったということだ。

一学は寝巻の上から小袖を引かぶって逃げて来る侍女の一人を掴まえ、いきなり、その小袖を剥ぎとった。

「きゃーッ」

「おれだ、清水だ。殿はどうなされた？」

ぺたりと雪の上に坐り込んだまま、侍女は幽霊のように白い顔をガクガクと振って見せるばかりで、声も出ない。

一学は舌打ちをして、その女物の小袖を頭からかぶると、母屋の北側に沿って庭を走った。

大台所から湯殿前の廊下へ出ると、屋内の乱闘の物音は物凄いばかりである。

魔物のような浪士達の黒い影をやり過す度びに、一学は小袖をひろげて、その下にうずくまった。

「女か——よし、行けい」

「早く逃げろ」

浪士達は、口々に声を投げて走り去る。

もう少しで上野介の寝所だという仏間の南廊下で、一学は、いきなり小袖を引剥がされた。

「待て!! 怪しい奴——」

仏間から躍り出た浪士が三名ほど、いずれも火事装束の軽装で、ぱッと一学を取囲んだ。

無言の抜打ちが、一学の腰から蛇のように走って、正面の浪人を襲った。

「むウ……」

首を振って避けたが、鋭い一学の一撃を肩先へ受けて、だだッとよろめくのへ、

「退けい!!」

一学は、まっしぐらに二の太刀を振った。

その攻撃を横合いの一人が跳ね退け、

「不破数右衛門（ふわかずえもん）だ」

と怒鳴った。

廊下に、激しい気合と噛み合う刃と刃が乱れ飛んだかと思うと、南側の雨戸を蹴破って、一学は内庭に飛降り、振向きざまに浪士の一人の足を払った。

「あッ」

縁先から転げ落ちるのへは目もくれず、

（殿!! 殿ッ――）

一学は、上野介の安否を確かめたい一心で、庭を廻り、再び奥へ入ろうとしたが……。

「手強い奴!!」

「囲んで討て!!」

庭からも屋内からも、合せて八名ほどの浪士が、ひたひたと一学に迫って来る。

黒の小袖を着たまま酔って寝込んでしまい、その上から袴をつけている一学だが、その小袖も袴も、猛烈な浪士達の斬込みを受け、またたくまに切裂かれた。

短い間の闘いだったが、一学は、八人を相手に獅子のように暴れ廻り、相手の大半に傷を負わせた。

「御一同。此処はおれに任せてくれ」

泉水の懸橋を渡って駈けて来た一人が叫んだ。

その声は、一学にとって忘れられないものだ。

奥田孫太夫だった。

ひりつくような喉の乾きをおぼえ、荒々しい呼吸を懸命に整えつつ、一学は孫太夫を見た。

浪士達は、うなずき合い、さッと散って行った。

孫太夫の半面は反り血を浴びて、どす黒かった。

「一学——嘘つきのおれを許してくれい」

「お心は、よく判っています」

(殿!! うまく逃げおわせて下さい)と、一学は必死に祈りつつ、静かに刀を構えた。

「では——」

と孫太夫。

「応!!」

と、一学は叫び、同時に斬りつけ、避ける孫太夫の体と、太刀の閃めきを追い、二の太刀、三の太刀、四の太刀、五の太刀と、息もつかせぬ猛攻をかけた。

その度びに、一学は、孫太夫の反撃を、次々に体に受け、孫太夫もまた自らの血に染ったが……。

ついに清水一学は昏倒した。

孫太夫は、舌を出して激しい息づかいのまま、刀を杖に、このかつての同門の友の血が、月光を受けて、あきらかに積った雪へ吸い込まれて行くのを見守ったのである。

「清水さま!!」

何処からか走り寄ったお佐和が、一学を抱き起し、

「清水さま!! 一学さま」

気狂いのように呼び叫んだ。

「妹――」

孫太夫は愕然となった。

(好きだったのか――妹は清水一学が……)

乱闘の物音が、潮の退くように消えかかっている。

附人達の抵抗も、もはや空しくなったのであろう。

「妹――上野介は何処だ。言え。言わぬか」

「申しませぬ!!」

お佐和は兄を見上げ、憎悪さえもこめて叫んだ。

「私は吉良様にも清水様にも、とうてい憎しみの心は持てませんでした。なれど――お家の為、皆様の為、するだけのことは死ぬ気になってしてまいりました――この上は、もう兄上のお指図は受けられませぬ」

「むむ……」

孫太夫は、泣くような微笑を妹に与えて、

「よし」

と、一言――一学の死顔を片手に拝むと、裏門の方へ、よろよろと去って行った。

お佐和は、涙も出ぬ哀しさに身を震わせ、一学の頬に自分の頬を押しつけ、

「清水様。佐和は生涯、嫁入りいたしませぬ」

と、囁いた。

しかし、自分へのお佐和の恋情を、清水一学は何処まで本気に考えていたことだろうか——。

大台所傍の物置小屋に潜む吉良上野介を発見した合図の呼笛が、未明の月光に包まれた吉良邸内に鳴り渡ったのは、それから間もなくのことである。

本作品中に差別的ともとられかねない表現が見られますが、著者がすでに故人であることと作品の文学性・芸術性に鑑み、原文のままとしました。

（春陽堂書店編集部）

『竜尾の剣』覚え書き

初　出　「小説倶楽部」（桃園書房）

竜尾の剣　昭和34年1月号

黒雲峠　昭和32年6月号　※「猿鳴き峠」改題

抜討ち半九郎　昭和33年7月号

さいころ虫　昭和34年3月号

清水一学　昭和34年11月号

初刊本　東方社　昭和35年9月

再刊本　東方社　昭和36年12月

東方社　昭和38年2月

東方社　昭和39年10月

（編集協力・日下三蔵）

春陽文庫

竜尾の剣

2023年10月25日　初版第1刷　発行

著者　池波正太郎
発行者　伊藤良則
発行所　株式会社　春陽堂書店
〒一〇四―〇〇六一
東京都中央区銀座三―一〇―九
KEC銀座ビル
電話〇三（六二六四）〇八五五（代）
印刷・製本　株式会社　加藤文明社

本書のご感想は、contact@shunyodo.co.jp にお願いいたします。

定価はカバーに明記してあります。

ISBN978-4-394-90459-5　C0193